中國古典文學基本叢書

黄庭堅全集

第一册

〔宋〕黄庭堅 著
劉　琳
李勇先 點校
王蓉貴

中華書局

圖書在版編目(CIP)數據

黄庭堅全集/(宋)黄庭堅著;劉琳,李勇先,王蓉貴點校. —北京:中華書局,2021.4
(中國古典文學基本叢書)
ISBN 978-7-101-15106-0

Ⅰ.黄… Ⅱ.①黄…②劉…③李…④王… Ⅲ.黄庭堅(1045~1105)-全集 Ⅳ.I214.42

中國版本圖書館 CIP 數據核字(2021)第 040589 號

責任編輯:蔡鵬名 劉 學

中國古典文學基本叢書
黄庭堅全集
(全八册)
〔宋〕黄庭堅 著
劉 琳 李勇先 王蓉貴 點校
*
中 華 書 局 出 版 發 行
(北京市豐臺區太平橋西里 38 號 100073)
http://www.zhbc.com.cn
E-mail:zhbc@zhbc.com.cn
北京瑞古冠中印刷廠印刷
*
850×1168 毫米 1/32 · 89¼印張 · 16 插頁 · 1660 千字
2021 年 4 月北京第 1 版 2021 年 4 月北京第 1 次印刷
印數:1-4000 册 定價:298.00 元

ISBN 978-7-101-15106-0

總目

第一册

第二册

第三册

宋黄文節公全集·正集

宋黄文節公全集·外集

第四册

宋黄文節公全集·外集

第五册

宋黄文節公全集·别集

第六册

宋黄文節公全集·别集

宋黄文節公全集·續集

第七册

宋黄文節公全集·補遺

第八册

第一册目録

宋黃文節公全集·正集卷第一

詩

宋黄文節公全集・正集卷第二

詩

宋黄文節公全集・正集卷第三

詩

宋黄文節公全集·正集卷第四

詩

宋黄文節公全集·正集卷第五

詩

宋黄文節公全集·正集卷第六

詩

宋黄文節公全集·正集卷第七

詩

宋黄文節公全集·正集卷第八

詩

宋黄文節公全集·正集卷第九

詩

七言絶句

宋黄文節公全集·正集卷第十

詩

宋黄文節公全集·正集卷第十一

詩

宋黄文節公全集・正集卷第十二

賦

楚辭

前言

劉琳

一

黄庭堅（一〇四五—一一〇五），字魯直，洪州分寧（今江西修水）人。出生於書香門第。父親黄庶工詩，有《伐檀集》傳世。舅父李常官至御史中丞，家有李氏山房，藏書近萬卷。第一個岳父孫覺官至龍圖閣學士，第二個岳父謝景初也是一位詩人。英宗治平四年（一〇六七），二十三歲的黄庭堅登進士第，調汝州葉縣尉。熙寧五年（一〇七二）任北京（今河北大名）國子監教授，受到文彦博的賞識。元豐元年（一〇七八）開始與蘇軾通信，自此以後往來不絶。次年「烏臺詩案」起，黄庭堅爲此受到罰銅的處分，並因此棲遲縣鎮多年。元豐三年（一〇八〇），改知吉州太和縣。路過舒州時，游覽三祖山上的山谷寺（在今安徽潛山西北），喜愛這裏林泉之勝，因此自號山谷道人。六年（一〇八三），移監德州德平鎮。

元豐八年（一〇八五）三月哲宗即位後，始召至京師，任秘書省校書郎，從此做了幾年京官。元祐元年（一〇八六），除神宗實録院檢討官，加集賢校理，次年遷著作佐郎。此時蘇軾也自外官入朝，任中書舍人、翰林學士，張耒、晁補之、秦觀也相繼入館供職，黄、張、晁、秦追隨蘇軾，趣味相投，關係密切，經常詩文唱和，人稱「蘇門四學士」。這是黄庭堅一生最得意的幾年。

但與此同時，宋朝廷内部的黨派鬥争也更爲慘烈。元祐元年司馬光任宰相，盡廢神宗新法，打擊新黨；不久，舊黨又分爲朔、蜀、洛三黨，互相傾軋。元祐四年（一〇八九），作爲「蜀黨」領袖的蘇軾被排擠，出知杭州。六年（一〇九一），黄庭堅參與編修的《神宗實録》書成，本應晉升，也由於洛黨韓川的攻擊而作罷。不久，丁母憂回鄉。至八年（一〇九三）服除，召爲神宗正史編修官。但他此時已淡於仕進，因而以疾病推辭，乞宫觀。紹聖元年（一〇九四），除知宣州、鄂州，他都没有上任。

而這時政治形勢又一大變，已經變味的「新黨」又重新當權，迫害元祐黨人。黄庭堅由於與蘇軾的關係，再加上參與編修《神宗實録》，自然也成爲迫害的對象。章惇等人説《神宗實録》歪曲事實，勒令黄庭堅等前史官到開封府界居住並就近接受盤問。此年年底，黄庭堅被貶爲涪州别駕，流放到黔州（今重慶市彭水縣）安置。次年四月到黔州。他在這裏住了四年，自號涪翁。

至元符元年（一〇九八）春天，由於他的外兄張向任本路常平官，爲了避親嫌，他又被移至戎州（今四川宜賓）安置，於這年的六月到戎州。在戎州共住了兩年半。

元符三年（一一〇〇），徽宗即位。起初徽宗想調和新舊黨的矛盾，因而稍微放鬆了對舊黨的迫害，黄庭堅也因此得以解除流放，此年五月復爲宣德郎、監鄂州在城鹽稅。他先到青神探望姑母，年底離開戎州東還。建中靖國元年（一一〇一）至江陵，安家於沙市。詔改知舒州，尋又以吏部員外郎召，以病辭，求爲州郡官。崇寧元年（一一〇二）六月，得知太平州。這時徽宗重新標榜「紹述」神宗，任用蔡京等人，排擊元祐臣僚，因此黄庭堅領太平州才九天又被罷免，不久又被列入「元祐黨人碑」，以管勾洪州玉隆觀的閑職寓居鄂州（今武漢市武昌）一年多。

崇寧二年（一一〇三）十一月，更大的厄運降臨，他被除名勒停，再次放逐到更荒遠的宜州（今廣西宜山）羈管。三年（一一〇四）夏天，孤身到達宜州貶所。四年（一一〇五）九月病卒，終年六十一。死時他的家屬遠在永州，只有他的忠實朋友范寥替他料理後事。至高宗建炎四年（一一三〇），追贈直龍圖閣。宋末恭宗德祐元年（一二七五）謚曰「文節」。

縱觀黄庭堅的一生，五十歲前官不過七品，而晚年的十餘載除了中間兩年展轉荆渚外，都是在流放中度過，流離困厄，歷盡艱辛。雖然他的政治立場比較接近於反變法的「舊黨」，但同時他也會盛贊王安石「真一世偉人」。他没有參與、也無意參與當時的黨派紛争。但最終，他還是逃脱不了政治的漩渦，成爲悲慘的犧牲品。不過，不管遇到什麽樣的打擊，他總是能坦然地面對。他的世界觀和人生觀主要是傳統的儒家思想，但又摻合着濃厚的佛、老思想；他的性格是中國古代典型的正派士大夫的性格。他曾説：「士大夫處世可以百爲，唯不可俗，俗便不可醫也。」怎樣才算不俗？他説：「視其平居無以異於俗人，臨大節而不可奪，此不俗人也。」〔一〕他不贊成蘇軾式的嘻笑怒駡，而服膺傳統詩教的敦厚平和，但他絶不俯隨流俗。他參與修史，據實直書，其中有熙寧中「用鐵龍爪治河，有同兒戲」之語。紹聖初追問此事，他回答説：「庭堅時官北都，嘗親見之，真兒戲耳。」〔二〕他在江陵時，他應僧人之請撰寫《承天寺塔記》並書碑，本路官員陳舉等多在場環觀。他在碑尾但書「作記者黄某，立石者知府馬某」。陳舉等説：「某等願記名不朽，可乎？」他不予理睬。陳舉懷恨在心，後來摘取碑中數語，誣告他「幸災謗國」，以致流放宜州〔三〕。兩次遷謫，他都淡泊處之，無介於心。謫放黔州的敕命剛下，有左右哭泣，而他神色自若，

〔一〕光緒義寧州署本《宋黄文節公全集·正集》卷二六《書繒卷後》（以下凡引此本，只注明「某集」。）

〔二〕《宋史》卷四四四《黄庭堅傳》。

〔三〕黄𦳝《山谷年譜》卷二九。

「投床大鼾，即日上道」〔一〕。在宜州時，官府把他趕到城南一間「上雨旁風，無有蓋障，市聲喧憒」的破房子裏（他戲稱爲「喧寂齋」），人以爲不堪其憂，他卻焚香而坐，對着西鄰屠牛之機，讀書寫字自若。他說：「家本農耕，使不從進士，則田中廬舍如是，又可不堪其憂耶？」〔二〕又據陸游說：「先生臨終時，暑中得雨，伸足簷外，沾濕清涼，欣然自以爲平生未有此快。」〔三〕死生之際，他的胸懷仍然如此曠達！元豐初，他曾寫過兩首詩寄給政治上失意的蘇軾，其中說：「但使本根在，棄捐果何傷！」反映了他直面挫折的人生態度。人們之所以推崇他、敬仰他，不僅僅是因爲他的詩寫得好，字寫得好，而首先是因爲他正直的人品，謚爲「文節」，確是比較恰當的。

二

黃庭堅博學多才，不僅工於詩歌、書法，對繪畫、琴、棋，乃至醫藥、烹飪，也都有所研

〔一〕《豫章先生傳》，嘉靖本《山谷全書》卷末。
〔二〕《正集》卷二五《題自書卷後》。
〔三〕樓鑰《攻媿集》卷七一《跋黃子思所藏山谷乙酉家乘》。

究。當然，他的主要貢獻還是在文學與書法方面。

在黄庭堅文學藝術的實踐與理論中，貫穿着一種執着的創新精神。「文章最忌隨人後」[一]，「自成一家始逼真」[二]，是他的名言。他反復地强調這一點。但他又認爲，創新須與繼承結合起來。因此他主張學詩的人必須讀破萬卷書，必須認真學習、廣泛吸取前人的一切好的東西，包括作詩的法度、技巧、語言等等。但是這種學習和吸收不是爲了一步一趨地追隨古人的後塵，而是要把這些好的東西加以融會貫通，化爲我有，在此基礎上進行發展和創造。繼承只是基礎，創新才是目的。陳師道説：「豫章之學博矣，而得法於杜少陵，其學少陵而不爲者也。」[三]這就是説，他學習杜甫的作詩方法，但並不是依樣畫葫蘆地來寫詩。他提出了著名的「奪胎换骨」、「點鐵成金」論，説：「古之能爲文章者，真能陶冶萬物，雖取古人之陳言入於翰墨，如靈丹一粒，點鐵成金也。」[四]又説：「不易其意

〔一〕《外集》卷一八《贈謝敞王博喻》。
〔二〕《外集》卷一六《以右軍書數種贈丘十四》。
〔三〕《後山居士文集》卷一〇《與秦觀書》，上海古籍出版社一九八四年影印宋蜀刻本。
〔四〕《正集》卷一八《答洪駒父書》。

而造其語，謂之换骨法；窺入其意而形容之，謂之奪胎法。」〔一〕他的意思是，詩意、詩語都要推陳出新，化腐朽爲神奇，這也是説的繼承與創新的關係。

在這種創新精神的指導下，他不斷探索，創造出了一種獨特的詩歌風格，其主要特點就是瘦硬生新、冷峻峭拔，追求新奇、瘦勁、深折、雋永。此種風格不僅一掃晚唐之柔靡、西昆之浮華，也迥異於盛唐而另辟新境，代表了宋詩的特色。現代著名學者繆鉞先生在《論宋詩》一文中説：

宋詩之有蘇黄，猶唐詩之有李杜。元祐以後，詩人迭起，不出蘇黄二家。而黄之畦徑風格，尤爲顯異，最足以表宋詩之特色，盡宋詩之變態。《劉後村詩話》曰：「豫章稍後出，會粹百家句律之長，究極歷代體製之變，搜討古書，穿穴異聞，作爲古律，自成一家，雖隻字半句不輕出，遂爲本朝詩家宗祖。」其後學之者衆，衍爲江西詩派，南渡詩人，多受沾溉，雖以陸游之傑出，仍與江西詩派有相當之淵源。……故論宋詩，不得不以江西派爲主流，而以黄庭堅爲宗匠矣。〔二〕

〔一〕釋惠洪《冷齋夜話》卷一。

〔二〕《詩詞散論》，上海古籍出版社一九八二年版。

這是對黄詩之特色及其影響極好的概括。正因此，黄庭堅的詩在當時已經是名滿天下。蘇軾在《舉黄魯直自代狀》中稱贊他「瑰瑋之詞，妙絶天下」，世人將山谷與東坡相配，並稱「蘇黄」。

當然，後人對黄詩貶低、指責的也不少，如王若虛、王世貞等。黄庭堅詩的確存在一些缺點，如題材比較狹窄，有時因過於講究「法度」、追求奇巧，而流於雕琢，以及用典過多等等。其實黄庭堅也是主張作詩以自然爲最高境界的，所謂「不煩繩削而自合」，但他没有很好地做到這一點。但不管怎樣，他仍不愧爲詩壇的一代宗師，在我國古典詩歌史上他即使還夠不上超一流的詩人，也絶對是第一流的詩人。

黄庭堅的詞和散文比之其詩略遜一籌。他曾經自評：「作詩在東坡下，文潛、少游上。至於雜文，與无咎等耳。」〔二〕是比較符合實際的。他的一些文章，特别是書簡、題跋之類的小文章，蘊藉有理趣，其中很多論做人、論治學、論詩文、論書法的文字，有極精辟的見解，是一筆啓迪後人的可貴遺産。楊萬里説：「小簡本朝惟山谷一人。」〔三〕

〔二〕《别集》卷一一《論作詩文》。
〔三〕陳模《懷古録》卷下引。

黄庭堅又是我國古代第一流的書法家，正、行、草三體俱妙。後世將「蘇（軾）、黄（庭堅）、米（芾）、蔡（襄）」，並稱爲宋代四大家。他的書法一如其詩，在努力吸取古今書家長處的基礎上力求創新，遒勁峭拔，以意取勝，跳出唐人窠臼，上追南北朝，而自成一家。他的書法理論也對後世有很大影響。

三

黄庭堅一生所作詩文甚多。元祐以前作地方官時期已有詩千餘篇，但自己多不滿意，曾焚其三分之二，餘者編爲《焦尾集》。其後稍復自喜，以爲可傳，因而又選編爲《敝帚集》〔一〕。元豐三年，秦觀見此二編，嘆其「文章高古，邈然有二漢之風」〔二〕。元祐中在秘書省又編有詩集《退聽堂録》（亦稱《退聽稿》），以館中所居之堂爲名，太和只數篇，德平

〔一〕葉夢得《避暑録話》卷上。
〔二〕史容《山谷外集詩注自序》。

十收四五，大部分爲入館後至元祐六年（一〇九一）之間的詩作〔一〕。後來又有其他人所編的一些集子，如王蕃、王雲都編過他的詩文集〔二〕。崇寧元年他又曾爲清禪師審閲過一部不知何人所編的《南昌集》，有所去取改定〔三〕。紹興中鄭樵所作《通志·藝文略》著録有黄庭堅《南昌集》九十一卷，不知是否就是他親自審訂過的那一種。《通志·藝文略》另載有《修水集》二十六卷，也不知誰人所編。以上這些自編或他編的集子都已失傳。徽宗時黨禁甚嚴，所有「元祐黨人」的著作，包括蘇黄的文集都在禁毁之列，黄庭堅的作品亡佚的肯定不少。

欽宗時，黨禁解除。至高宗時洪炎等人才又重編黄集。洪炎字玉父，南昌人，黄庭堅的外甥，與兄朋，弟芻、羽俱以文詞名世，有《西渡集》。早在元祐間他就開始留心收集黄庭堅的詩文，以後仍然不斷地從黄庭堅處、從親戚朋友處進行搜集，只是當時不敢拿出來。建炎二年（一一二八），黄庭堅的老友胡直孺（字少汲）知洪州，始囑洪炎主持編次，朱

〔一〕洪炎《豫章黄先生退聽堂録序》。
〔二〕《續集》卷四《答王觀復》，又《正集》卷二七《題王子飛所編文後》。
〔三〕李彤《豫章外集跋》。

敦儒、李彤爲之佐，成《豫章先生文集》三十卷〔一〕。「凡詩斷自《退聽》始，《退聽》以前蓋不復取，獨取古風二篇，冠詩之首，以見魯直受知於蘇公，有所自也。他文雜前後十取八九，獨去其可疑與不合者。」〔二〕今四部叢刊影印宋乾道刊本《豫章黄先生文集》即洪炎所編本。

此集編成後，編者之一的李彤又將此集以外的詩文——包括《退聽録》以前的詩文，《南昌集》中黄庭堅自己删去不用的四百多首詩，以及其他一些《豫章先生文集》未收的詩文——收集起來，編成《豫章黄先生外集》十四卷〔三〕，《焦尾》《敝帚》二集的詩文多在其中。之所以稱爲「外集」，是因爲黄庭堅出於政治上的考慮，曾「欲取所作詩文爲《内篇》，其不合周孔者爲《外篇》」〔四〕；李彤將洪炎主編的前集視爲《内集》（明人始稱《正集》），因而此集取名《外集》。黄𦳝説：「山谷平生得意之詩及常手寫者多在《外集》。」〔五〕可見

〔一〕此集最初可能還是名爲《退聽堂録》，因此洪炎的序題爲《退聽堂録序》，後來刊刻時才改稱《豫章先生文集》。

〔二〕以上見洪炎《豫章黄先生退聽堂録序》、乾隆本《宋黄文節公全集》卷首《注輯前獻》。

〔三〕李彤《豫章外集跋》。

〔四〕《正集》卷二七《題王子飛所編文後》。

〔五〕黄𦳝《山谷年譜》卷一。

爲表弟。

李彤，字季敵，南康軍建昌（今江西永修西北）人，黄庭堅舅氏李常（公擇）之子，於黄庭堅《外集》詩的價值。《外集》的編成當亦在高宗之世，晁公武的《郡齋讀書志》已有著録。

儘管有了《文集》《外集》，但黄庭堅的詩文遺落尚多。至孝宗淳熙九年（一一八二），他的從孫黄畲又「類次家所傳集，博求散亡」，得八百六十八篇，編爲《豫章先生别集》十九卷〔一〕。又過了十七年，至寧宗慶元五年（一一九九），黄畲又根據《豫章文集》《外集》《别集》及其他尺牘遺文、家藏舊稿、墨迹碑刻等，編成《山谷先生年譜》三十卷，其中也有不少佚詩佚文。

以上内、外、别三編，包括了黄庭堅詩文的絶大部分，而且没有僞作，因此成爲傳世黄庭堅文集的主要本子。

此外，乾道間坊間還編有一種《類編增廣黄先生大全文集》，麻沙本，五十卷。其書今存，書中所收詩文含賦一卷、詩二十二卷、雜文二十六卷、樂章（詞）一卷，分爲一百三十門，煩瑣雜亂。大概因其爲書商所刻，真僞雜糅，質量低劣，極少流傳，所以宋元間書目均

〔一〕黄畲《豫章别集跋》。按後來刊本均作二十卷，蓋又續有增補。

未見著録。

大約在黄螢編《别集》之前，庭堅之諸孫某曾「持節東蜀」，於黔僰間訪得不見於《豫章文集》（指《内集》《外集》）的詩與簡尺，分爲二編合刊，「詩曰《遺文》，簡曰《刀筆》」。後寧宗嘉定元年（一二〇八），其孫黄銖知信州貴溪縣，將此本「校勘朱黄，修剔舊板」，重新刊印〔一〕。此書已佚，並非現今尚存的《豫章先生遺文》與《山谷老人刀筆》。今之《豫章先生遺文》十二卷，其中僅有詩一卷，其餘十一卷皆爲各體之文，與黄銖《遺文跋》所説全然不合。也可能是後人利用了黄某所編《遺文》中的資料並襲取其名，所以還保留了黄銖的序。今之《山谷老人刀筆》所收尺牘包括了從黄庭堅初仕直至謫死宜州前各階段的書簡，也與黄銖序所説不合。不過，現存的《遺文》與《刀筆》都是宋人所編。《遺文》所收的詩文與《别集》相同者約十之七八，其餘十之二三爲内、外、别三集所無，有較高的文獻價值。《刀筆》亦然（見下）。

以上就是宋人所編黄庭堅詩文合集的主要情況。至於單體文集、詩集有多種，其中影響最大的要數蜀人任淵、史容、史季温三家注本。任淵曾從學於黄庭堅，取黄庭堅、陳

〔一〕黄銖《豫章先生遺文跋》。

師道詩而注之，稱《黄陳詩注》。初成於徽宗政和元年（一一一一），後庭堅之卒僅六年。至紹興中，洪炎所編《内集》出，任淵乃取其中之詩一一繫年，據舊稿重加編定，刊於蜀中〔一〕，後世稱爲《山谷内集詩注》。史容繼爲《外集詩注》十七卷，成於嘉定元年，其後有所增訂。其孫季温注《别集》詩則在理宗淳祐間。此三家注本今俱存世。

詞集也有單行本，宋人書目均著録爲一卷，《宋史·藝文志》著録《樂府》二卷。流傳至今的又有宋刻本《山谷琴趣外編》三卷。

此外，黄庭堅一生所寫的書簡數量巨大，而且文章與書法兩絶，向爲世人所寶重，因此流傳甚廣。但三集之中僅收有十卷，遺漏尚多。《宋史·藝文志》著録有《書尺》十五卷，今已不存。宋人所編的單行書簡集今存兩種：一種就是前文提到的《山谷老人刀筆》，另一種是《山谷簡尺》。《山谷老人刀筆》二十卷，曾有宋刻本，今存元刻本。其中所收的書簡，有四百多篇爲《内》《外》《别》三集所無，其價值可知。《四庫全書》的編者誤以爲此書所收尺牘「皆於全集中摘出别行者」，將它打入《存目》，可見館臣們並没有核對過。《山谷簡尺》兩大卷，以前未見著録，弘治至嘉靖所刻《山谷全書》始予收入，《四庫全書》

〔一〕見任淵、許尹《黄陳詩注序》。

亦據以附於《山谷集》，至今也没有單行本。此書也不著編者，但所收書簡約三百篇，其中不見於全集三編和《山谷老人刀筆》的有二百多篇，包括家書。由此推知，編者當是宋人，而且更可能是山谷後裔。

明弘治中，寧州（今江西修水）人周季鳳（字公儀，號來軒，累官南京刑部右侍郎）與其兄周季麟（字公瑞，號南山，官至右副都御史）官於朝，訪求黄庭堅遺集，通過友人翰林待詔潘辰（字時用，號南屏，官至太常少卿），從内閣抄得《豫章先生文集》三十卷、《外集》十四卷、《别集》二十卷、《簡尺》二卷、《詞》一卷、黄𤲅《山谷先生年譜》三十卷，共九十七卷。周季鳳交給寧州知州葉天爵，於弘治十六年（一五〇三）開雕。十八年（一五〇五），葉天爵以憂去，事遂中斷，板本兩殘，周季鳳只得又抄了一部，挾之以遊四方。至嘉靖五年（一五二六），監察御史西蜀徐岱巡按江西，屬權知寧州余載仕繼續刊刻。周季鳳聞知，便將所藏抄本交給余氏。會新知州喬遷至，主持其事，於次年完工。除了上述的九十七卷之外，還附刻了黄庭堅之父黄庶的《伐檀集》二卷，也是内閣抄本〔一〕。這就是明弘治葉天爵刻、嘉靖六年（一五二七）喬遷、余載仕重修本，統稱《山谷全書》。

〔一〕以上見徐岱《山谷全書序》、周季鳳《山谷先生全書序》、查仲道《山谷全書書後》。

此書在黃庭堅著作的流傳史上有極重要的價值。第一，其底本爲宋本，據周季鳳説，「乃宋蜀人所獻者」〔二〕，也就是説，是内閣所藏宋代蜀刻本。第二，自宋以來至當時爲止，黃庭堅的詩文詞以此本收載最全。它將傳世的絶大部分黃氏著作集合在一起，最便於閲讀研究。第三，它所收的很多黃庭堅詩文及研究資料爲他處所無。黃集《正》《外》《别》三編保存到現在的，除了《正集》還有完整的單行本（四部叢刊影印的宋乾道刻本《豫章先生文集》是其代表）以外，《外集》單行本只有日本尚有殘本，《别集》則已没有單行本。如上所説，《山谷簡尺》一書也没有單行本。黃㽦的《山谷先生年譜》（這是研究黃庭堅生平及著作的第一等資料）也没有單行本。凡此，都幸賴弘治、嘉靖本《山谷全書》得以完整地保存流傳。第四，此書所附收的黃庶《伐檀集》，此前的刻本都已失傳，也是賴有此書，使我們今天能多看到一種宋人别集。此書的刊布主要靠周季鳳多年鍥而不捨的努力，後人應當記住他的功勞。

至萬曆三十二年（一六〇四），又有知寧州方沆、周季鳳族孫周希令等人重刊《黃文節山谷先生文集》。此本據弘治、嘉靖本重新調整編次，將詞附於詩後，又捨去《山谷簡尺》，

〔二〕周季鳳《山谷先生全書序》。

而擇《簡尺》中「其文之有關係者」及行世《山谷老人刀筆》中的少量書簡，編入《正集》中的「書」類。但方沆只刻了《正集》。至萬曆四十二年（一六一四），知寧州李友梅上任，據弘治、嘉靖本續刻《外集》《别集》，與方刻合成一書。其版式仿照方本，而編次一仍嘉靖本《外集》《别集》之舊。從内容來説，由於萬曆本削去了《簡尺》，其價值遠遜於弘治、嘉靖本，但於詩文的釐訂編次，也有可取之處。

清乾隆二十七年（一七六二），宋調元（字澹海，號理堂）知寧州，訪得嘉靖、萬曆舊刻，遂主持改編爲《宋黄文節公全集》（又名《山谷全書》），於乾隆三十年（一七六五）刻成。計《正集》三十二卷、《外集》二十四卷、《别集》十九卷、《伐檀集》二卷、卷首四卷，總八十一卷。這就是在清代影響較大的緝香堂本。此本所收詩文篇目依據萬曆本，仍照《正》《外》《别》三集分編。但在體例上有很大的變動，三集都按重定的分體及次序統一編排，這是此本最大的特點。卷首輯録有關資料頗爲豐富。詩目之下據黄㽦《年譜》及任、史三家注注明時地，便於研究。

光緒二十年（一八九四），知義寧州事黄壽英（字菊秋，湘西人）又主持增訂重刻緝香堂本《山谷全書》，是爲光緒義寧州署本。黄壽英跋稱：「此本『規模體制一以緝香堂爲準，惟將行世《刀筆》及墨蹟、石刻，凡《全書》中所未收者，悉爲補刊，名曰《續集》。』其《續集》

十卷，加上緝香堂本原有的八十一卷，爲九十一卷。此本的特點主要在於多了一個《續集》。《續集》之卷一至卷九據《山谷老人刀筆》補入了嘉靖、萬曆、乾隆三本所未收的刀筆四百四十餘篇（其中有少數與嘉靖本所收《山谷簡尺》中的書簡重合）；卷十則據墨蹟、石刻輯録了以上三本未有的詩二十三首，書簡、記、説十一篇。這樣，雖然光緒義寧州署本承萬曆、乾隆本之舊未收《山谷簡尺》，但它所收的黄庭堅詩文總數不但超過了萬曆、乾隆二本，也超過了嘉靖本（只以書簡計，約多出嘉靖本二百餘篇），從而成爲迄今爲止最全的黄庭堅詩文集。此本的文字校勘也較爲精審，訛誤較少。

四

鑒於黄庭堅在中國文學史上的重要地位，爲了給讀者和學者提供一部較爲完善的黄庭堅作品集，我們在光緒本的基礎上整理成了這部《黄庭堅全集》。關於整理的體例，有以下幾點需要説明：

一、本書以光緒義寧州署刻本《宋黄文節公全集》（又名《山谷全書》，簡稱光緒本）爲底本。凡此本《正集》《外集》《别集》《續集》之總題、門類、編序、篇題等一仍其舊，正文文字一般也以底本爲準。

二、本書主要參校以下各本：

《豫章黄先生文集》，四部叢刊影印宋乾道刻本（簡稱叢刊本）。

《豫章先生文集》《外集》《别集》，明弘治葉天爵刻，嘉靖六年喬遷、余載仕重修本（簡稱嘉靖本）。

《山谷内集》《外集》《别集》，四庫全書本（簡稱四庫本）。

《豫章先生遺文》，清同治元年如皋祝氏據乾隆版修補印本。

《山谷老人刀筆》，元刻本。

《山谷簡尺》，四庫全書本《山谷集》附。

《山谷内集詩注》《山谷外集詩注》《山谷别集詩注》，清武英殿聚珍版叢書本（簡稱《内集詩注》《外集詩注》《别集詩注》）。

《山谷詩外集補》，清謝啓昆輯，清武英殿聚珍版叢書本《山谷外集詩注》附（簡稱《外集補》）。

《山谷琴趣外篇》，四部叢刊三編影印宋刻本（簡稱《琴趣外篇》）。

黄㽦《山谷年譜》，四庫全書本《山谷集》附（簡稱《年譜》）。

三、光緒本所收詩文間有重複者，本書只取前一篇，並加按語説明，後一篇徑行删去，不再出校。

四、光緒本所收詩文中混有庭堅兄大臨及他人之作，本書仍舊保留，隨文附注。

五、光緒本之題下注、文中注及文後按語，本書大體上仍予保留，但其中情況複雜，整理時分别處理。其有可確定爲黄庭堅原注者，本書改稱「自注」。其爲光緒本沿襲前代版本之校注或光緒本編者新添之校注者，題下注視具體情況或仍留於原處，或移入校記，文中注及文後按語則一律移於校記，凡此均稱「原注」。若此種「原注」易與黄庭堅自注或他本之校注混淆，則稱「光緒本原注」。文後按語與校勘無關或無可取者，則徑行删去。

六、凡底本文字訛脱者逕予改正添補，在校記中説明。其他校勘、考辨之類的文字也放在校記之中。校記中所引原注及他書之文有訛誤者，誤字用圓括號（　）標出，正字用方括號〔　〕標出，間亦直接改正，在括號中加按説明。

七、在光緒本《正》《外》《别》《續》四集之外，本書又從《山谷簡尺》《豫章先生遺文》《山谷年譜》《寶真齋法書贊》等書中輯得詩詞文佚篇，編爲《補遺》十卷。其中詩文之分體及編次仍仿光緒本。

八、爲了方便讀者瞭解與研究黄庭堅及其著作，本書輯録了有關資料作爲「附録」。

包含以下七個部分：（一）傳記；（二）年譜；（三）歷代序跋；（四）歷代詔敕、謚議、祠記；（五）歷代評論（含總評、評文、評詩、評詞）；（六）黄庭堅著作歷代敘録（附《注輯前獻》）；（七）本書主要參考書目。另附《黄庭堅全集》人名索引。其中有部分資料乃録自光緒本。

最後，我們還想説明，這一次的整理還只能説是初步整理。有同志説，整理黄庭堅全集應當將以往的《正》《外》《别》等集打散重編。這個意見是對的，但我們想，用一個較好的舊本作底本，訂訛補缺，進行整理，也有好處，這就是讓讀者還能看到前人整理黄集的大概情況。我們自知，本書還存在很多缺點，例如傳世的宋乾道本《類編增廣黄先生大全文集》，限於條件，我們還未能細加核對，深以爲憾。凡此種種，切望專家學者和廣大讀者不吝賜教。

宋黄文節公全集·正集卷第一

詩

四言古

1 勸學贈孟甥[一]

軻闢楊墨，功愈於禹。仲子論《詩》，汔紹厥緒。喜鑿言《易》，亦自名家。一姓幾墜，光緜其瓜。嘉出江夏，處濁而清，河潤九里，外孫淵明。雲卿、浩然，爰及郊、簡，三詩連蹇，尚書則顯。咨爾孟甥[二]，望洋漢唐。其勤斯文，對前人光。

〔一〕原注：「孟甥，名扶埸。」

〔二〕甥：原作「孫」，據篇題改。

2 贈别李次翁 元豐五年太和作

利欲薰心，隨人翕張。國好駿馬，盡爲王良。不有德人，俗無津梁。德人天遊，秋月寒江。映徹萬物，玲瓏八窗〔一〕。於愛欲泥，如蓮生塘。處水超然，出泥而香。孔竅穿穴，明冰其相。維乃根華，其本含光。大雅次翁，用心不忘。日問月學，旅人念鄉。能如斯蓮，汔可小康。在俗行李，密密堂堂。觀物慈哀，涖民愛莊。成功萬年，付之面牆。草衣石質，與世低昂。

〔一〕八窗：叢刊本作「六窗」。

五言古

3 古風二首上蘇子瞻　元豐元年北京作

江梅有佳實，託根桃李場。桃李終不言，朝露借恩光。孤芳忌皎潔，冰雪空自香。古來和鼎實，此物升廟廊。歲月坐成晚，烟雨青已黄。得升桃李盤，以遠初見嘗。終然不可口，擲置官道傍。但使本根在，棄捐果何傷。

其二

青松出澗壑，十里聞風聲。上有百尺絲，下有千歲苓。自性得久要，爲人制頹齡。小

草有遠志，相依在平生。醫和不並世，深根且固蔕。人言可醫國，何用太早計。小大材則殊，氣味固相似。〔一〕

〔一〕原注：「按畱注載：《烏臺詩話》云：『元豐元年二月，北京國子監教授黄庭堅寄書一角，并古風二首與軾。』又蜀本《詩集》任氏舊注云：『東坡亦有報書及和章。』公書云：『今日竊食於魏氏，會閣下開幕府在彭門。』魏即北京，彭門即徐州。建炎中，公甥洪炎玉父編公文集，取此二篇，冠詩之首，蓋以見公受知於東坡有自云。」

4 次韻答晁无咎見贈〔一〕元祐元年祕書省作

翕翕一日炎，眈眈萬年永。四海仰首觀〔二〕，頃復歸根静。時雨瀉玉除，潢流漲天井。性不耐衣冠，人門疏造請。煮餅卧北窗，保此已儌幸。空餘見賢心，忍渴望梅嶺。〔三〕

〔一〕原注：「无咎，名補之。」

〔二〕任淵《山谷内集詩注》：「一作榮名響六合。」

〔三〕原注：「此與《次韻張詢齋中春晚》同韻。」

5 次韻答張文潛惠寄〔一〕

短褐不磷緇，文章近楚辭。未識想風采，别去令人思。斯文已戰勝，凱歌偃旍旂。君行魚上冰，忽復燕哺兒。學省得佳士，催來費符移。方觀追金玉，如許遽言歸。南山有君子，握蘭懷令姿。但應潔齋俟，勿詠無生詩。〔二〕

〔一〕原注：「文潛，名耒。題中時地同前者俱不復注，後諸詩倣此。」

〔二〕原注：「按蜀本《詩集》注云：《實録》：是歲十二月，試太學録張耒爲祕書省正字。蓋初夏方到太學供職，以詩相寄也。故答韻有『君行魚上冰，忽復燕哺兒』之句。」

6 次韻子瞻贈王定國〔一〕

遠志作小草，蛙衣生陵屯。但爲居移氣，其實何足言。名下難爲人，醜好隨手翻。百年炊未熟，一垤蟻追奔。夏日蓬山永，戎葵茂牆藩。王子吐佳句，如繭絲出盆。風姿極灑落，雲氣晝罍樽。屬有補袞章，自當寵頻煩。鄙夫無他能，上車問寒温。惟思窮山去，抱犢長兒孫。

〔一〕原注：「定國，名鞏。東坡詩『謫仙竄夜郎，子美耕東屯』即此韻。以《東坡集》考之，蓋是歲春晚時作。」

7 次韻張詢齋中春晚〔一〕

學古編簡殘，懷人江湖永。非無車馬客，心遠境亦静。挽蔬夜雨畦，煮茗寒泉井。春去不窺園，黄鸝頗三請。立朝無物望，補外儻天幸〔二〕。想乘滄浪船，濯髮晞翠嶺。

〔二〕《内集詩注》：「詢，字仲謀。」

〔三〕補外：原校：「一作得邑，又石本作得邦。」

8 題王黄州墨跡後

掘地與斷木，智不如機舂。聖人懷餘巧，故爲萬物宗。世有斵泥手，或不待郢工。往時王黄州，謀國極匪躬。朝聞不及夕，百壬避其鋒。九鼎安盤石，一身轉孤蓬〔一〕。浮雲當日月，白髮照秋空。諸君發蒙耳，汲直與臣同。

〔一〕孤蓬：叢刊本作「秋蓬」。

9 題王仲弓兄弟巽亭〔一〕

大隗七聖迷，許田連城重。里中多佳樹，與世作梁棟〔二〕。市門行清渠，溴水可抱甕。翬飛城東南，隱几撫群動。人境要俱爾，我乃得大用。烏衣之雲孫，昆弟不好弄。木末風雨來，卷箔醉賓從。事常超然觀，樂與賢者共。人登斷壟求〔三〕，我自歸鴻送。溪毛亂錦纈，候蟲響機綜。世紛甚崢嶸，胸次欲空洞。讀書開萬卷，謀國妙百中。儻無斵鼻工，聊付曲肱夢。

〔一〕原注：「仲弓，名實。」叢刊本作「寔」。
〔二〕梁棟：叢刊本作「楹棟」。
〔三〕壟：叢刊本、《内集詩注》作「龍」。

10 送劉士彦赴福建轉運判官〔一〕

秋葉雨墮來，冥鴻天資高。車馬氣成霧，九衢行滔滔。中有寂寞人，靈府扃鎖牢。西風持漢節，騎從嚴弓刀。維閩七聚落，惸獨困吏饕。土弊禾黍惡，水煩鱗介勞。南驅將仁義，百城共一陶。察人極涇渭，問俗及豚羔。官閑得勝日，杖屨之林皋。人間閲忠厚〔二〕，物外訪英豪。

〔一〕原注：「《實録》：元祐元年六月，朝請郎劉士彦爲轉運判官。」
〔二〕《内集詩注》：「一作功名付簪紱。」

11 贈柳展如八首 并序

柳閎展如，蘇子瞻甥也，其才德甚美，有意於學，故以「桃李不言，下自成蹊」八字

作詩贈之。〔一〕

柳君文甚武〔二〕，睨視萬人豪〔三〕。老氣鼓不作，卷旗解弓刀。上爲朝陽桐，下爲澗溪毛。囊中有美實，期子種蟠桃。

其二

浮陽愧嘉魚，道傍多苦李。古來賢達人，不争咸陽市。吾子富春秋，日月東趨水〔四〕。潛聖有玉音，聞道而已矣。

其三

霜威能折綿，風力欲冰酒。勤子能訪道〔五〕，楬然我何有。寢興與時俱，由我屈伸肘。飯羹自知味，如此是道不。

其四

任世萬鈞重，載言以爲軒。空文誤來世，聖達欲無言。咸池浴日月，深宅養靈根。胸中浩然氣，一家同化元。

其五

陸沈百世師，寄食魯柳下。我今見諸孫，風味窺大雅。大雅久不作，圖王忽成霸〔六〕。

偉哉居移氣，蘭鮑在所化。

其六

聖學魯東家，恭惟同出自。乘流云本遠，遂有作書肆。日中駕肩來，薄晚常掉臂。徒囂終無贏，歸矣求己事。

其七

清潤玉泉冰，高明秋景晴。妙年勤翰墨，銀鉤爛縱横。藍田生美璞，未琢價連城。思爲萬乘器，柱下貴晚成。

其八

八方去求道，渺渺困多蹊。歸來坐虚室，夕陽在吾西。君今秣高馬，夙駕先鳴雞。慎勿取我語，親行乃不迷。

〔一〕叢刊本、《内集詩注》直以此序爲題。

〔二〕甚武：原校：「一作武甚。」《内集詩注》作「武甚」。

〔三〕睨視：原校：「一作睥睨。」

〔四〕趨：原校：「一作逝。」

〔五〕子：叢刊本作「君」。能：叢刊本、《内集詩注》均作「來」。
〔六〕忽：叢刊本作「勿」。

12 次韻曾子開舍人遊籍田載荷花歸〔一〕

維王調玉燭，時夏雨我田。壁掛蒼龍骨，溜渠故濺濺。三推勸根本，百穀收皂堅。官司極齋明，崇丘見升煙。繫馬西門柳，憶聽去夏蟬。剥芡珠走盤，釣魚柳貫鮮。埽堂延枕簟，公子氣翩翩。自爾欲繼往，阻心如甕泉。紫微樂暇日，披襟詠風漣。紅妝倚荷蓋，水鏡寫明蠲。美物亦有實，蒻房助加籩。珠宫紫貝闕，足此水府仙。鬱鬱冠蓋宅，追奔易彫年。能從物外賞，真是區中賢。仍聞載後乘，籠燭照嬋娟。〔二〕

〔一〕原注：「子開，名肇。」
〔二〕原注：「按《王直方詩話》載此篇自『美物亦有實』至末云：『令君誠重客，食前頗加籩。西觀足膴仕，東觀多臞仙。何時載樽俎，坌入觀少年。及此歸沐早，少休從事賢。傳觴定可醉，下箔出嬋娟。』與此互異，疑公有所更定，故附録之。」

13 次韻答王眘中〔一〕元祐二年祕書省作

有身猶縛律，無夢到行雲。俗裏光塵合，胸中涇渭分。我搴江南秀，一見空馬群。夸士慕鐘鼎，寒儒守典墳。吾欲超萬古，乃如負山蚊。能來商略此，趺坐對罏芬。

〔一〕原注：「眘中，名寅。」叢刊本「王」下作小字：「今上御名。」

14 奉同子瞻韻寄定國

風雲開古鏡，淮海熨冰紈。王孫醉短舞，羅襪步微瀾。老驥心雖在，白鷗盟已寒。斯人氣金玉，視世一鼠肝。南歸脱蟲蟲，入對隨孔鸞。忽以口語去，鼓船下驚湍。收身薄冰釋，置枕泰山安。后土花藥麗，海門天水寬。伐木思我友，知人良獨難。遥憐鬒鬖緑，猶復耐悲歡。

15 奉答謝公定與榮子邕論狄元規孫少述詩長韻〔一〕

謝公遂如此，宰木已三霜。無人知句法，秋月自澄江。二子學邁俗，窺杜見牖窗。試斲郢人鼻，未免傷手創。蟹胥與竹萌，乃不美羊腔。自往見謝公，論詩得濠梁。世方尊兩耳，未敢築受降。丹穴鳳凰羽，風林虎豹章。小謝有家法，聞此不聽冰。相思北風惡，歸雁落斜行。

〔一〕原注：「公定，即景温。子邕，名輯。」按「謝公定」，叢刊本、《内集詩注》均作「謝公静」。叢刊本題下注：「愔、輯。」《内集詩注》原目此首下任淵注云：「公静名愔，公定名悰，皆師厚之子。」光緒本原注誤。

16 戲答俞清老道人寒夜三首 元祐三年祕書省作

索索葉自雨，月寒遥夜闌。馬嘶車鐸鳴，群動不遑安。有人夢超俗，去髮脱儒冠。平明視清鏡，政爾良獨難。

其二

聞道一稊米，出身縛簪纓。懷我伐木友，寒衾夢丁丁。富貴但如此，百年半曲肱。早晚相隨去，松根有茯苓。

其三

牧羊金華山，早通玉帝籍。至今風低草，䲔䲔見白石。金華風煙下，亦有君履跡。何爲紅塵裏，頷鬚欲雪白。〔一〕

〔一〕原注：「按蜀本注云：趙彦清家有公自跋此詩，末云：『東坡屢哦此詩，以爲妙也。』時坡在杭州云。」

17 奉和文潛贈无咎篇末多見及以既見君子云胡不喜爲韻 元祐元年祕書省作

龜以靈故焦，雉以文故翳。本心如日月，利欲食之既。後生玩華藻，照影終没世。安得八紘罝，以道獵衆智。

其二

談經用燕説，束棄諸儒傳。濫觴雖有罪，末派瀰九縣。張侯真理窟，堅壁勿與戰〔一〕。難以口舌争，水清石自見。

其三

野性友麋鹿，君非我同群。文明近日月，我亦不如君。十載長相望，逝川水沄沄。何當談絶倒，茗椀對鑪薰。

其四

北寺鎖齋房，塵鑰時一啓。晁張跫然來，連璧照書几。庭柏鬱葱葱，紅榴罅多子。時蒙吐佳句，幽處萬籟起。

其五

先皇元豐末，極厭士淺聞。只今舉秀孝，天未喪斯文。晁張班馬首〔二〕，崔蔡不足云。當今横筆陣，一戰静楚氛。

其六

張侯窘炊玉，僦屋得空壚。但見索酒郎，不見酒家胡。雖肥如瓠壺，胸中殊不麤。何用知如此，文彩似於菟。

其七

荆公六藝學，妙處端不朽。諸生用其短，頗復鑿户牖。譬如學捧心，初不悟己醜。玉石恐俱焚，公爲區别不。

其八

吾友陳師道，抱獨門掃軌。晁張作薦書，射雉用一矢。吾聞舉逸民，故得天下喜。兩公陣堂堂，此士可摩壘。〔三〕

〔二〕勿：《内集詩注》作「不」。

〔三〕首：叢刊本作「手」。

〔三〕原注：「按嵤注載《實録》：元（豐）〔祐〕二年四月乙巳，徐州布衣陳師道充徐州州學教授。觀此詩陳師道之篇以爲逸民，蓋猶未得官也。」

18 子瞻詩句妙一世乃云效庭堅體蓋退之戲效孟郊樊宗師之比以文滑稽耳恐後生不解故次韻道之

我詩如曹鄶，淺陋不成邦。公如大國楚，吞五湖三江。赤壁風月笛，玉堂雲霧窗。句法提一律，堅城受我降。枯松倒澗壑，波濤所舂撞。萬牛挽不前，公乃獨力扛。諸人方嗤點，渠非晁張雙。但懷相識察，牀下拜老龐。小兒未可知，客或許敦厖。誠堪壻阿巽，買紅纏酒缸。〔一〕

〔一〕原注：「考《東坡文集》《次武昌西山》詩後有《送楊孟容》詩，即此韻，疑是效公體所作。」

19 留王郎〔一〕元豐七年德平作

河外吹沙塵，江南水無津。骨肉常萬里，寄聲何由頻。我隨簡書來，顧影將一身。留我左右手，奉承白頭親〔二〕。小邦王事略，蟲鳥聲無人。王甥解鞍馬，夜語雞喚晨。母慈家人肥，女慧男垂紳。有田爲酒事，豚韭及秋春。生涯得如此，舊學更光新。索去何草

草，小留慰艱勤。百年才一炊，六籍經幾秦。要知胸中有，不與跡同陳。郢人懷妙質，聊欲運吾斤。〔三〕

〔一〕原注：「王郎，公甥，字世弼，名純亮。」按《内集詩注》：「王純亮，字世弼，山谷之妹婿。見于《黄氏世譜》。」

〔二〕白頭：四庫本校：「一作白髮。」

〔三〕原注：「按蜀本《詩集》注云：公在德平，有《與德平太守書》：『客宦，不能以家來，官舍蕭然如寄。』而此詩有『河外吹沙塵，江南水無津』之句，蓋言身在河北、家在江南，萬里思親之意，溢於言表矣。」

20 贛上食蓮有感

蓮實大如指，分甘念母慈。共房頭䫐䫐，更深兄弟思。實中有么荷，拳如小兒手。令我憶衆雛，迎門索梨棗。蓮心政自苦，食苦何能甘。甘餐恐腊毒，素食則懷慙。蓮生淤泥中，不與泥同調。食蓮誰不甘，知味良獨少。吾家雙井塘，十里秋風香。安得同袍子〔一〕，歸製芙蓉裳。〔二〕

〔一〕袍：叢刊本、嘉靖本作「裘」。

〔三〕原注：「贛上即今贛州。元豐四年公自吉安往南安試舉人，過此而作，其孝友慈愛之意藹然可思。篇中『甘餐恐腊毒，素食則懷慙』二句作『投劾去未能，竊禄以懷慙』，又『安得同袍子』句作『安得免簪袚』，見公真蹟，與集中十數字不同。」

21 同錢志仲飯籍田錢孺文官舍〔一〕元祐元年祕書省作

帝籍開千畝，農功先九州。王孫守耒耜，吏隱極風流。永夏豐草木，五雲衛郊丘。牛羊卧籬落，賓客解衣裘。汲井羞熱啜，挽溪供甘柔。倒戟收蓮的，剖蚌煮鴻頭。野日草光合，水風荷氣浮。稻畦下白鷺，林樾應鳴鳩。主人發清賞，況復佳同遊。歸扇障小雨，真成一賜休。

〔一〕原注：「志仲，名彀；孺文，名景祥。」

22 寄裴仲謨〔一〕元豐八年德平作

交游二十年〔二〕，義等親骨肉。風雨漂我巢，公亦未有屋。寄聲來問安，足音到空谷。我家輦轂下，薪桂炊白玉。在官與影俱〔三〕，衣綻髮曲局。天機行日月，春事勤草木。念公篤行李，野飯中道宿。鷩沙卷旍旗，烏尾訛城角〔四〕。騷騷家治具，夫子且歸沐。作書寄後乘，爲我遺臣僕。起居太夫人，并問相與睦〔五〕。

〔一〕原注：「仲謨，名綸。」

〔二〕二十：原作「三十」，據叢刊本、《内集詩注》改。

〔三〕俱：叢刊本作「居」。

〔四〕烏尾訛城角：原校：「一本作烏尾城角謖。謖音縮。」《内集詩注》作「城角謖」。

〔五〕《内集詩注》：「相、睦，兒女名。」又原注：「按蜀本《詩集》注云：公在德平，有與德州太守書：『庭堅官局，勉以不瘝，幸親老在都下善眠食，兄弟無他』云云。故詩中有『我家輦轂下』等句。」

23 顯聖寺庭枸杞 元祐元年祕書省作

仙苗壽日月，佛界承露雨。誰爲萬年計，乞此一抔土。扶疏上翠蓋，磊落綴丹乳。去家尚不食，出家何用許。正恐落人間，采剥四時苦。養成九節杖，持獻西王母。

24 平陰張澄居士隱處三詩〔一〕 元豐七年德平作

仁亭

無心經世網，有道藏丘山。養生息天騄，蓺木印歲寒。德人牆九仞，强學窺一班。張侯大雅質，結髮闖儒關。奇贏或諧偶，老大常艱難。築亭上雲雨，日月轉朱欄。牀敷聽萬籟，我家頗寬閒。牧牛有坦塗，亡羊自多端。市聲鏖午枕，常以此心觀。

復菴

舂糧出求仁，行李彌宇宙。久客渺愁人，馬飢僕夫瘦。歸來一丘中，萬事不改舊。禾黍鋤其驕，牛羊鞭在後。隱几天籟寒，六鑿忽通透。

亨泉

水德通萬物，發源會時亨。伏坎非心願，成川且意行。棲遲林丘下，欲濯無塵纓。杖藜逢載酒，一瓢酌餘清。

〔一〕原本無此總題，而在《亨泉》詩後注云：「以上三詩乃平陰張澄居士隱處。」今據叢刊本及《内集詩注》補題。

25 晁張和答秦覯五言予亦次韻 元祐二年祕書省作

山林與心違，日月使鬢换。儒衣相詬病，文字奉娛玩。自古非一秦，六籍蓋多難。詩書或發冢，熟念令人惋。秦君鋭本學，蘵子已血汗。相期驂天衢，伯樂嘗一盼。士爲欲心縛，寸勇輒尺懦。要當觀此心，日照雲霧散。扶疏萬物影，宇宙同璀璨。置規豈惟君，亦自警弛慢。

26 常父惠示丁卯雪十四韻謹同韻賦之〔一〕

春皇賦上瑞，來寧黄屋憂。下令走百神，大雲庇九丘。風聲將仁氣，艷艷生瓦溝。寒花舞零亂，表裏照皇州。千門委圭璧，曉日不肯收。元年冬無澤，穴處長螟蟊。兩宫初旰食，補衮獻良籌。有道四夷守，無征萬邦休。耆年秉國論，涇渭極分流。輟耒入班品，逸民盡歸周。股肱共一體，間不容戈矛。人材如金玉，同美異剛柔。政須衆賢和，乃可疏共吺。改絃張敝法，病十九已瘳。王指要不匿，蝕非日月羞。桑林請六事，洪水問九疇。天意果然得，玄功與吾謀。此物有嘉德，占年在麥秋。近臣知天喜，玉色動冕旒。儒館無他事，作詩配崇丘。

〔一〕原注：「時公初爲著作佐郎，此詩蓋歲首所作。常父即孔武仲。」

27 和答子瞻和子由常父憶館中故事〔一〕

二蘇上連璧，三孔立分鼎。少小看飛騰，中年嗟遠屏。風撼鶺鴒枝，波寒鴻雁影。天不椓斯文，俱來集臺省。日月黄道明，桃李春晝永〔二〕。時平少犴獄，地禁絶蛙黽。頗懷修故事，文會陳果茗。當時群玉府，人物殊秀整。下直馬闐闐，杯盤具俄頃。共醉淩波襪，誰窺投轄井。天綱極恢疏，道山非簿領。何曾歸閉門，鐙火坐寒冷〔三〕。欲觀太平象，復古望公等。賤子託後車，當煩煮湯餅。

〔一〕原注：「東坡和子由、常父詩見《欒城集》。」

〔二〕春：叢刊本作「清」。

〔三〕坐：《内集詩注》作「生」。寒：叢刊本作「閑」。

28 謝公定和二范秋懷五首邀予同作〔一〕元祐元年祕書省作

西風一葉脱，迹已不可埽〔二〕。巷有白馬生，朝回焚諫草。誰云事君難，是亦父子閒。所要功補衮，不言能犯顔。

其二

四會有黄令，學古著勳多。白頭對紅葉，奈此摇落何。雖懷斲鼻巧，有斧且無柯。安得五十絃〔三〕，奏此寒士歌。

其三

采蓮涉江湖，采菊度林藪。插鬢不成妍，誰憐飛蓬首。平生耦耕地，風雨深稂莠。謝公遂如此，永袖絶絃手。

其四

往日孫陽翟，才可任遺補〔四〕。擊强如摧枯，食蘗不知苦。屬者缺諫垣，時論或未許。儻可假一邦，使民作鄒魯。

其五

用智常恨耄，用决常恨早。推轂天下士，誠心要傾倒。海宇日清明，廟堂勤洒掃。何爲陳師道，白髮三徑草。〔五〕

〔一〕叢刊本題下注：「悰。」

〔二〕已：《内集詩注》作「亦」。

〔三〕五十：叢刊本作「七十」。

〔四〕《内集詩注》：「張方回家本有山谷自注云：孫賁字公素。」

〔五〕原注：「按畱注載蜀本《詩集》注云：詩有黄令，謂幾復也。幾復丁卯歲方至吏部改官，故公又有《次韻和答所寄詩》云。」

29　次韻子由績溪病起被召寄王定國 元豐八年德平作〔一〕

種萱盈九畹，蘇子憂國病。炎蒸臥百戰，山立有餘勁。斯人廊廟器，不合從遠屏。江湖搖歸心，毛髮侵老境〔二〕。艱難喜歸來，如晴月生嶺。仍懷阻歸舟〔三〕，風水蛟鰐橫。補衮諫官能，用儒吾道盛。上書詆平津〔四〕，蠹藁初記省。至今民社計，非事頰舌競。方來立本朝，獻納繼晨暝。人材包新舊，王度濟寬猛。必開曲突謀，滿慰傾耳聽。斯文吕與張，泉下亦蘇醒。天聰四門闢，國勢九鼎定。身得遭太平，分甘守閒冷。天津十年面，想見頎而整。何時及國門，休暇過煮茗。燒鐙留夜語，鴻雁看對影。但恐張羅地，頗復多造請。維此禮部公，寒泉甃舊井。謫去久羸瓶，召還汲修綆。太任決齋宮，陛下天統慶。日月進亨衢，經緯寒耿耿。西走已和戎，南遷無哀郢。誰言兩逐臣〔五〕，朝轡天街並。王子竄炎洲，萬死保軀命。還家頰故紅，信亦抱淵静。税屋待車音，埽門親箒柄。行當懷書傳，載酒求是正。端如嘗橄欖，苦過味方永。

〔一〕原注：「蘇黄門《穎濱遺老傳》云：移知歙州績溪，始至而奉神宗遺制。居半年，除祕書省校書郎。明年，至京師，除右司諫。」

〔二〕毛髮：叢刊本作「白髮」。

〔三〕原校：「仍懷阻歸舟，一本作仍懷阻行舟。」叢刊本作「行舟」。

〔四〕詆：叢刊本作「抵」。

〔五〕原校：「誰言兩逐臣，一本作不圖兩逐臣。」

30 祕書省冬夜宿直寄懷李德素〔一〕元祐三年祕書省作

曲肱驚夢寒，皎皎入牖下。出門問何祥，岑寂省中夜。姮娥攜青女，一笑粲萬瓦。懷我金玉人〔二〕，幽獨秉大雅。古來絕朱絃，蓋爲知音者。同牀有不察，而況子在野。獨立占少微，長懷何由寫。

〔一〕原注：「德素，名葉。」

〔二〕懷：《内集詩注》作「指」。

宋黄文節公全集·正集卷第二

詩

五言古

1 次韻答邢惇夫〔一〕元祐元年祕書省作

爲山不能山，過在一簣止。渥洼騏驎兒，墮地志千里。岷江初濫觴〔二〕，入楚乃無底。將升聖人堂，道固有廉陛。邢子好少年，如世有源水。方求無津涯，不作蛙井喜。兒中兀老蒼，趣造甚奇異〔三〕。過閲王公門，袖中有漫剌。别來阻河山，望遠每障袂。斯文向千載，有志常寡遂。後生文楚楚，照影若孔翠。不應《太玄》草，希價咸陽市。雨作枕簟秋，官閑省中睡。夢不到漢東，茗椀乃爲祟。聞君肺渴減，頗復佳食寐。讀書得新功，來雁寄一字。

〔一〕原注：「按《實録》有云：是年正月，起居舍人邢恕推發遣隨州。惇夫名居實，乃恕之子也，是時奉親以行。惇夫有詩相寄，因次其韻。隨州即漢東。」

〔二〕岷江：叢刊本作「岷山」。

〔三〕奇異：原校：「一作奇偉。」叢刊本作「奇偉」。

2 次韻張仲謀過酺池寺齋〔一〕

十年醉錦幄，酴醾照金沙。攲眠春風底，不去留君家。是時應門兒，紫蘭茁其芽。只今將弟妹，嬉戲牽羊車〔二〕。忽書滿窗紙，整整復斜斜。平生悲歡事，頭緒如亂麻〔三〕。苟祿無補報，幾成來食嗟。喜君崇名節，青雲似有涯〔四〕。我夢江湖去，釣船刺蘆花。江濱開園宅，畦蔗莳梨柤。夢驚如昨日，炊玉困京華。公來或藜羹，愛我不疵瑕。深念煩鄰里〔五〕，忍窮禁貸賒。夜談簾幕冷，霜月動金蛇。即是桃李月，春蟲語交加。我亦無酒飲，一室可盤蝸。要公共文字，朱墨勘舛差。非復少年日，聲名取嫮姱。諸阮有二妙，能詩定自嘉。何時來煮餅，蟹眼試官茶。

〔一〕原注：「仲謀，名詢。」

〔二〕牽：叢刊本作「挽」。

〔三〕如亂：《内集詩注》作「亂如」。

〔四〕似：叢刊本作「自」。

〔五〕鄰里：《内集詩注》作「鄉里」。

3 次韻秦覯過陳無己書院觀鄗句之作〔一〕元祐二年祕書省作

陳侯大雅姿，四壁不治第。碌碌盆盎中，見此古罍洗。薄飯不能羹，牆陰老春薺。唯有文字性〔二〕，萬古抱根柢。我學少師承，坎井可窺底。何因蒙賞味，相享當牲醴。試問求志君，文章自有體。玄鑰鎖靈臺，渠當爲公啓〔三〕。

〔一〕原注：「蜀注：無己來京師，寓居陳州門，書院當在此地。覯字少章，無己名師道，又字后山。」

〔二〕文字性：原校：「一作文字工。」叢刊本作「工」。

〔三〕爲公：《内集詩注》作「爲君」。

4 次韻子瞻送顧子敦河北都運二首〔一〕

儒者給事中，顧公甚魁偉。經明往行河，商略頗應史。勞人又費乏〔二〕，國計安能已。成功渠有命，得人斯可喜。似聞阻飢餘，惡少驚邑里。啓鑰探珠金，奪懷取姝美。部中十盜發，一一書奏紙。西連魏三河，東盡齊四履。此豈小事哉，何但行治水。使民皆農桑，乃見真儒耳〔三〕。

其二

今代顧虎頭，骨相自雄偉。不令長天官，亦合丞御史。能貧安四壁〔四〕，無愠可三已。昨來立清班，國士相顧喜。何因將使節，風日按千里。汲黯不居中，似非朝廷美。太任録萬事，御坐留諫紙。發政恐傷民，天步薄冰履。蒼生憂其魚，南畝多被水。公行圖安集，信目勿信耳。

〔一〕原注：「子敦名臨。《實録》：元祐二年四月癸巳，給事中顧臨爲河北路都轉運使。公次子瞻韻送之。」

〔二〕勞人又費之：叢刊本作「勞民又費之」。

〔三〕乃見：《内集詩注》作「乃是」。

〔四〕安：叢刊本作「我」。

5 餞子敦席上奉同孔經父八韻〔一〕

日永知槐夏，雲黄喜麥秋。同朝國士集，賜沐吏功休。祇園冠蓋地，清與耳目謀。晴雲浮茗椀〔二〕，飛雹落文楸。一客衆主人，醉此顧虎頭。虎頭持龍節〔三〕，排河使東流。厥田惟上上，桑麻十數州。計功不汗馬，可致萬户侯。

〔一〕「餞」上《内集詩注》有「慈孝寺」三字。題下原注：「文仲。」
〔二〕浮：叢刊本作「泛」。
〔三〕龍節：原注：「一作漢節。」

6 次韻寄晁以道〔一〕

河漢牛與女，咫尺不得語。歡然共秋盤，以兹不忘故。我友在天末，問天許見否。雲雨隔九關，日月不我與。念公坐臞禪〔二〕，守心如縛虎。頗思攜法喜，舉案饁南畝。不聞犯齋收，猶聞畫眉詡。良爲鼻祖來，渠伊爲伴侣。我有桂溪刀，聊憑東風去。

〔一〕原注：「説之。」
〔二〕公：叢刊本作「君」。

7 次以道韻寄范子夷子默〔一〕

鼓缶多秦聲，琵琶作胡語。是中非神奇，根器如此故。范公秉文德，斷國極可否。至今筦樞機，大度而少與。蟬嫣世有人，風壑嘯兩虎。小心學忠孝，鄙事能壠畝。持論不籧篨，奉身謝誇詡。頗知城南園，文會英俊侣。何當休沐歸〔二〕，懷茗就煎去。

〔二〕原注：「子夷字正平，子默字正思。」《内集詩注》：「正平、正思二范蓋文正公諸孫。」
〔三〕沐：原注：「一作休。」

8　送李德素歸舒城〔一〕

僧夏莫問途〔二〕，麥秋宜煮餅。北寺旬休歸，長廊六月冷。簟翻寒江浪，茶破蒼璧影。李侯爲我來，遽以歸期請。青衿廢詩書，白髮違定省。荒畦當鉏灌，蠹簡要籤整。挽衣不可留，決去事幽屏。天恢獵德網，日饎養賢鼎。此士落江湖，熟思令人癭。胸中吉祥宅，膜外榮辱境〔三〕。婆娑萬物表，藏刀避肯綮。人生要當學，安燕不徹警。古來惟深地，相待汲修綆。

〔一〕《内集詩注》注：「李楶字德素，隱舒州龍眠山。」
〔二〕僧夏：《内集詩注》校：「他本或作槐夏，非是。」
〔三〕膜外：《内集詩注》云「一本作券外」。

9　題伯時畫松下淵明〔一〕元祐三年祕書省作

南渡誠草草，長沙慰艱難〔二〕。終風霾八面，半夜失前山〔三〕。遠公香火社，遺民文字

禪。雖非老翁事，幽尚亦可觀〔四〕。松風自度曲，我琴不須彈。客來欲關説〔五〕，觴至不得言。〔六〕

〔一〕按此詩另載于本書外集卷第五，僅個別字不同，已删。叢刊本無「伯時畫」三字。

〔二〕慰：叢刊本作「想」。艱難：《外集》作「勤艱」。

〔三〕八面：《内集詩注》及本書外集均作「八表」。《内集詩注》：「張淵方回家本有此兩句。」按：叢刊本無此二句，而移下文「松風」一聯在此。

〔四〕幽尚：《外集》作「清尚」。又《内集詩注》云：「下句蜀中舊本作『幽況亦可觀』，今本當是後來所改。」

〔五〕關：原校：「一作開。」《内集詩注》及本書外集均作「開」。

〔六〕原注：「當注：此圖乃伯時所作也。公此詩有二首，蜀本《詩集》首一篇，注云：『皆試院作。』後一篇載《外集》，而此詩《外集》亦載，但第三、第四句亦不同，云：『平生夢管葛，把菊見南山。』」《外集》同詩原注又云：「第三、第四句一本云：『平生一杯酒，政在管葛間。』」

10 詠伯時畫太初所獲大宛虎脊天馬圖〔一〕

筆端那有此，千里在胸中。四蹏雷電去〔二〕，一顧馬群空。誰能乘此物，超俗駕長風。逸材歸轡勒，歲在執徐同。

〔二〕底本詩題無「畫太初所獲大宛」七字，叢刊本同，據《内集詩注》補。
〔三〕雷電：叢刊本作「雷雹」。原校：「雷電一作雷雹。」

11 詠伯時畫馮奉世所獲大宛象龍圖〔一〕

上黨良家子，挽强如屈肘。三十學《春秋》〔二〕，豈爲莎車首。誰言馮光禄，不如甘延壽。雖無千户封，乃得六龍友。

〔一〕底本詩題無「畫馮奉世所獲大宛」八字，據《内集詩注》補。
〔二〕學：叢刊本作「讀」。

12 題竹石牧牛 并引〔一〕

子瞻畫叢竹怪石，伯時增前坡牧兒騎牛，甚有意態，戲詠。

野次小峥嶸，幽篁相倚緑。阿童三尺箠，御此老觳觫。石吾甚愛之，勿遣牛礪角。牛礪角尚可，牛鬬殘我竹。〔二〕

〔一〕原詩無「并引」二字及引文，據《内集詩注》補。
〔二〕原注：「按《吕氏訓蒙》云：或稱公『桃李春風一杯酒，江湖夜雨十年鐙』以爲極至，公自以爲此猶砌合，須此詩『石吾甚愛之』四語乃可言至耳。」

13 和答外舅孫莘老病起寄同舍〔一〕元豐八年德平作

西風挽不來，殘暑推不去。出門厭靴帽，稅駕喜巾屨。道山鄰日月，清樾深牖户。同舍多望郎，閒官無窘步。少監巖壑姿，宿昔廊廟具。行趨補袞職，黼黻我王度。歸休飲熱客，觴豆慫調護。浩然養靈根，勿藥有神助。寄聲舊僚屬，訓詁及匕箸〔二〕。尚憐費諫紙，玉唾灑新句。北焙碾玄璧，谷簾煮甘露。何時臨書几，剥芡談至暮。〔三〕

〔一〕病起寄同舍：叢刊本、《内集詩注》無。

〔二〕詁：叢刊本作「告」。

〔三〕原注：「按蜀本《詩集》注云：《實録》本傳莘老元豐八年自祕書少監除右諫議大夫，故詩中有『少監巖壑姿』之句。」

14 次韻子瞻和王子立風雨敗書屋有感〔一〕元祐三年祕書省作

婦翁不可撾，王郎非嬌客。十年爲從學，苦淡共陻厄。燕雀嗤鴻漸，犬羊睨麟獲。遇逢涇渭分，昨夢春冰釋〔二〕。平生五車書，才吐二三策。已作謗薰天，金朱果何益。君窮一窗下，風雨更削跡。詩工知學進，詞苦見意迫。俗情傲秦贅，婦舍不煖席。南冶從東家，不聞被嘲劇。師儒並世難，日月過箭疾。公今未有田，把筆耕六籍。

〔二〕原注：「子立名適，蘇子由之婿，從其婦翁學。」

〔三〕昨：叢刊本作「瞼」。

15 次韻文潛同遊王舍人園〔一〕元祐二年祕書省作

移竹淇園下，買花洛水陽。風煙二十年，花竹可迷藏。九衢流車馬，相值各怱忙。豈有道邊宅，静居如寶坊。幅巾延客酒，妙歌小紅裳。主人有班綴，衣拂御鑪香。常恐鶗鴂鳴，百草爲不芳。故作龜曳尾，頗深漆園方。初開蝸牛廬，中置師子牀。買田宛丘間，江漢起濫觴。今此百畝宫，冬温夏清涼。身閑閲世故，宇静發天光。安肯聲利場，牽黄臂老蒼。張侯筆瑞世，三秀麗齋房。作詩盛推賞，明珠計斛量。掃花坐晚吹，妙語益難忘。重游樊素病，捧心不能妝。來日猶可追，聽我歌楚狂。

〔一〕《内集詩注》注：「王舍人名棫，字才元。」

16 次韻定國聞蘇子由卧病績溪 元豐八年德平作

炎洲冬無冰，十月雷虺虺〔一〕。及春瘧癘行，用人祭非鬼。巫師司民命，藥石不入市。溪弩潛發機，土風甚不美。蘇子卧江南，感歎中夜起。聞道病在牀，食魚不知旨。寒暑戰胸中，士窮有如此。此公天機深，爵禄心已死。養生遺形骸，觀妙得骨髓。后皇蒔嘉橘，中歲多成枳。佳人何時來，爲天啓玉齒。湔祓瘴霧姿，朝趨去天咫。諸公轉洪鈞，國器方薦砥。矢詩寫予心，莊語不加綺。〔二〕

〔一〕雷虺：《内集詩注》作「虺雷」。

〔二〕原注：「蘇黄門《欒城集·復病》詩云：『病作日短至，存消秋風初。』時黄門爲歙州績溪令。」

17 次韻冕仲考進士試卷 元祐二年武成宫試闈作

少年迷翰墨〔一〕，無異蟲蠹木。諸生程藝文，承詔當品目。牀敷設箱篚，賦納忽數束。變名混甲乙，謄寫失句讀。晝窗過白駒〔二〕，夜几跋紅燭。鉤深思嘉魚，攻璞願良玉。談天用一律，呻訊厭重複〔三〕。絲布澀難縫，快意忽破竹。聖言裨曲學，割衮綴邪幅〔四〕。注金無全巧〔五〕，竊發或中鵠。翟公辟雝老，薪槱茂棫樸。御史威降霜，行私不容粟。吏部提英鑒，片善蒙采録。博士刈其楚，銓量頗三復。因人享成事，賤子真碌碌。

〔一〕少年：叢刊本作「少來」。
〔二〕過：叢刊本作「愛」。
〔三〕呻訊：叢刊本作「佔畢」，四庫本作「押韻」。
〔四〕衮：叢刊本作「裘」。
〔五〕全巧：叢刊本作「全功」。

18　次韻孫子實寄少游〔一〕元祐四年祕書省作

薛宣欲吏雲，季氏或招閔。此公胸中秋，萬物欲收稇。賣藥偶知名，草《玄》非近準。才難不易得，志大略細謹。士生要弘毅，天地爲蓋軫。驥來鹽車驂，井下短綆引。難甘呼爾食，聊寄粲然囅。誰能借前籌，還婦用束緼。吾聞調羹鼎，異味及枌槿。豈其供王羞，而棄會稽筍。

〔一〕原注：「子實，名端。」《内集詩注》注：「一本云用寄寂齋韻。」

19　次韻答秦少章乞酒〔一〕元祐三年祕書省作

朝事鞍馬早，吏曹文墨拘。初無尺寸補，但於朋友疏〔二〕。豈知簞瓢子〔三〕，卧起一牀書。炙背道堯舜，雪屋相與娱。步出城東門，野鳥吟廢墟。頗知富貴事，勢窮心亦舒。詩來獻窮狀，水餅嚼冰蔬。斗酒得醉否，枵腹如瓠壺。亦可召西舍，侯嬴非博徒。

〔一〕原注：「少章名覯，少游之弟。」

〔二〕朋友：叢刊本作「友朋」。

〔三〕豈知：《内集詩注》作「豈如」。

20 贈秦少儀〔一〕元祐四年祕書省作

汝南許文休，馬磨自衣食。但聞郡功曹，滿世名籍籍。渠命有顯晦，非人作通塞。秦氏多英俊，少游眉最白。頗聞鴻雁行，筆皆萬人敵。吾蚤知有觀，而不知有覿。少儀袖詩來，剖蚌珠的皪〔二〕。乃能持一鏃，與我箭鋒直。自吾得此詩〔三〕，三日卧向壁。挽來不能寸〔四〕，推去輒數尺。才難不其然，有亦未易識〔五〕。

〔一〕原注：「少儀，少游之弟，名覿。」

〔二〕皪：叢刊本作「歷」。

〔三〕此詩：原校：「一作此士。」

〔四〕挽來：原校：「一作挽士。」叢刊本、《内集詩注》亦作「挽士」。

〔五〕有亦：《内集詩注》作「有求」。

21 次韻子實題少章寄寂齋〔一〕

虚名誤壯夫，今古可笑閔。屍裹萬里歸，書載五車稛〔二〕。安知衡門下，身與天地準。秦晁兩美士，内行頗修謹。余欲造之深，抽琴去其軫。寄寂喧闃間，此道有汲引〔三〕。獄户聞笞榜，市聲雜嘲齴。二生對曲肱，圭玉發石藴。小大窮鵬鷃，短長見椿槿〔四〕。欲聞寂時聲，黃鍾在龍筍。

〔一〕「子實」上《内集詩注》有「孫」字。叢刊本題下注：「端。」
〔二〕稛：叢刊本作「攟」。
〔三〕此道：原校：「一作鈎深。」
〔四〕見椿槿：原校：「一作付椿槿。」

22 詠史呈徐仲車〔一〕元豐三年公改官太和作

諸葛見益州，釋耒答三顧。川流恨未平，武功原上路。杜微對諸葛，輿致但求去。傾心倚經綸，坐上漫書疏。白鷗渺蒹葭，霜鶻在指呼。借問諸葛公，如何迎主簿。

〔一〕《内集詩注》引黄庭堅自注：「仲車以聵棄官。」又光緒本原注：「仲車名績，謚節孝先生，家于楚州。」

23 宿舊彭澤懷陶令

潛魚願深渺，淵明無由逃。彭澤當此時，沈冥一世豪。司馬寒如灰，禮樂卯金刀。歲晚以字行，更始號元亮。淒其望諸葛，骯髒猶漢相〔一〕。時無益州牧，指揮用諸將。平生本朝心，歲月閲江浪。空餘詩語工，落筆九天上。向來非無人，此友獨可尚。屬予剛制酒，無用酌杯盎。欲招千載魂，斯文或宜當。〔二〕

〔一〕骯：叢刊本作「抗」。

〔二〕原注：「按公元豐三年十二月過南康軍，祭劉凝之，至舊彭澤。彭澤屬江州，又在江州之下。」

24 卧陶軒 元祐二年祕書省爲无咎作

陶公白頭卧，宇宙一北窗。但聞窗風雨，平陸漫成江。卯金扛九鼎，把菊醉胡牀。城南晁正字，國器無等雙。日月麗宸極，大明朝萬邦。假版未通班，曉嚴夢逢逢。萬卷曲肱裏，胸中湛秋霜。亦有好事人，叩門提酒缸。欲眠不遣客，真處更難忘〔一〕。

〔二〕真處：《内集詩注》作「佳處」。

25 次韻吴宣義三徑懷友 元豐七年赴德州作

佳眠未知曉，屋角聞晴哢。萬事頗忘懷，猶牽故人夢。采蘭秋蓬深，汲井短綆凍。起看冥飛鴻，乃見天宇空。甚念故人寒，誰省機與綜〔一〕。在者天一方，日月老賓送。往者不可言，古柏守翁仲。

〔一〕機：叢刊本作「杼」。

26 題宛陵張待舉曲肱亭

仲蔚蓬蒿宅，宣城詩句中。人賢忘巷陋，境勝失途窮。寒菹書萬卷，零亂剛直胸。偃蹇勳業外，嘯歌山水重。晨雞催不起，擁被聽松風。

27 送張天覺得登字〔一〕

張侯起巴渝，翼若垂天鵬。歷詆漢諸公，霜風拂觚稜。去國行萬里，淡如雲水僧。歸來頭益白〔二〕，小試不盡能。湖海尚豪氣，有人議陳登。持節三晉邦，典刑寄哀矜〔三〕。公家有閑日，禪窟問香鐙。因來敘行李，斬寄老崖藤。

〔一〕原注：「天覺名商英。《實録》：元祐二年七月，開封府推官張商英提點河東路刑獄。公作此詩送之。」

〔二〕益：原校：「一作亦。」《内集詩注》作「亦」。

〔三〕「持節」二句：叢刊本作「持節上三晉，邦刑寄哀矜」。

28 和邢惇夫秋懷十首〔一〕元祐元年祕書省作

殘暑已俶裝，好風方來歸。未能疏團扇，且復製秋衣〔二〕。高蟬遽如許，長吟送落暉。相戒趣女功〔三〕，莎蟲能表微。

其二

曩時高唐客，暮雨朝行雲。陰居懷天匹，楚觀夢紛紜。我欲覩光儀，齋明炷鑪薰。天高萬物肅，誰爲帝子魂。

其三

七均師無聲，五和常主淡。芸芸觀此歸〔四〕，一德貫真濫。夢臨秋江水，魚蝦避窺瞰。

明月本無心，誰令作寒鑑。

其四

王度無畦畛，包荒用馮河。秦收鄭渠成，晉得楚材多。用人當其物，不但軸與薖。六通而四闢，玉燭四時和。

其五

相如用全趙，留侯開有漢。名登泰山重，功略天下半。讓頗封韓彭，事成群疑泮。天道當曲全，小智鶩後患。

其六

慶州名父子，忠勇横八區。許身如稷契，初不學孫吴。荷戈去防秋，面皺鬢欲疏。雖折千里衝，豈若秉事樞。

其七

謝公藴風流，詩作鮑照語。絲蟲縈草紙，筆力挾風雨。萬里投諫書，石交化豺虎。世方用賢髦，先成泉下土。

其八

今日吕虢州，堂堂古遺直。許國輸九死，補天錬五色。頗修諫員缺，人壽無金石。西風壯士淚〔五〕，多爲程顥滴。

其九

吾友陳師道，抱瑟不吹竽。文章似揚馬，欬唾落明珠。固窮有膽氣，風壑嘯於菟。秋來入詩律，陶謝不枝梧。

其十

邢子卧北窗，吟秋意少悰。讀書用意苦，嘔血驚乃翁。安得和扁輩，爲浣學古胸。肺熱今好否，微凉生井桐。

〔一〕叢刊本題下注：「居實。」
〔二〕且復：叢刊本作「頗復」。
〔三〕戒：叢刊本作「教」。
〔四〕原校：「觀此歸，一作觀此妙。」叢刊本作「歸此妙」。
〔五〕士：原校：「一作夫。」《内集詩注》作「夫」。

29 次韻子瞻題无咎所得與可竹二首粥字韻戲嘲无咎人字韻詠竹 元祐二年祕書省作

十字供籠餅，一水試茗粥。忽憶故人來，壁間風動竹。舍前粲戎葵，舍後荒苜蓿。此郎如竹瘦，十飯九不肉〔一〕。

其二

地下文夫子，風流絶此人。能和晚煙色，幻出歲寒身。馬鬣松成拱，鵝溪墨尚新。應懷斵泥手，去作主林神。

〔一〕十飯：四庫本作「十飫」。

30 次韻文潛休沐不出二首

風塵車馬逐，得失兩關心。惟有張仲蔚，門前蓬藋深。自公及歸沐，畢願詩書林。牆東作瘦馬，萬里氣駸駸。〔一〕

其二

與世自少味，閉關非有心。戎葵一笑粲，露井百尺深。著書灑風雨，枯筆束如林。蘇公歎妙墨，逼人太騣騣。

〔一〕原注：「文潛善畫馬。」

31 寄尉氏倉官王仲弓〔一〕元祐元年祕書省作

嘯臺有佳人，玄髪鑑笄珥。登高歌一曲，聽者傾城市。門無行媒迹，草木倚憔悴。人物方眇然，誰能委圭幣。

〔一〕原注：「仲弓，名賓。」

宋黃文節公全集·正集卷第三

詩

五言古

1 次韻謝黃斌老送墨竹十二韻〔一〕元符二年戎州作

古今作生竹，能者未十輩。吴生勒枝葉，筌寀遠不逮。江南鐵鉤鎖，最許誠懸會〔二〕。燕公灑墨成，落落與時背〔三〕。譬如刳心松，中有歲寒在。湖州三百年，筆與前哲配。規模轉銀鉤，幽賞非俗愛。披圖風雨入，咫尺莽蒼外。吾宗學湖州〔四〕，師逸功已倍。有來竹四幅，冬夏生變態。預知更入神，後出遂無對。吾詩被壓倒，物固不兩大。

〔一〕原注：「《畫史》：斌老墨竹有湖州筆意。」

〔二〕原注：「按『江南鐵鉤鎖』句，公自注云：『世傳江南李王作竹，自根至梢極小者，一一鉤勒成，謂之鐵鉤鎖，自云惟柳公權有此筆法。』」

〔三〕落落：叢刊本作「落筆」。

〔四〕吾宗：叢刊本作「吾子」。

2 用前韻謝子舟爲予作風雨竹

子舟詩書客，畫手睨前輩。挹袂拍其肩，餘力左右逮〔一〕。摩拂造化鑪，經營鬼神會。光煤疊亂葉，與世作者背〔二〕。看君回腕筆，猶喜漢儀在。歲寒十三本，與可可追配。小山蒼苔面，突兀謝憎愛。風斜兼雨重，意出筆墨外。吾聞絶一源，戰勝自十倍。榮枯轉時機〔三〕，生死付交態。狙公倒七芧〔四〕，勿用嗔喜對。此物當更工，請以小喻大。

〔一〕《内集詩注》引山谷自注：「郭璞詩云：左挹浮丘袖，右拍洪崖肩。」

〔二〕與世：《内集詩注》作「世與」。

〔三〕時：叢刊本作「發」。

〔四〕芧：原作「茅」，據《内集詩注》卷一二、《莊子·齊物論》改。

3 再用前韻詠子舟所作竹

森削一山竹〔一〕，壯士十三輩。自干雲天去〔二〕，草芥肯下逮〔三〕。虚心聽造物，顛沛風雨會〔四〕。榮枯偶同時，終不相棄背。誰云湖州没〔五〕，筆力今尚在。阿筌雖墨妙，好以桃李配〔六〕。國工裁主意，冷淡恐不愛。子舟落心畫，榮觀不在外。耆年道機熟，增勝當倍倍〔七〕。祖述今百家，小紙弄姿態。雖云出湖州，卷置懶開對。非公筆如椽，孰能爲之大。

〔一〕削：《内集詩注》作「莿」。
〔二〕去：叢刊本作「出」。
〔三〕草芥：叢刊本作「草莽」。
〔四〕風雨：《内集詩注》作「風雲」。
〔五〕誰云：叢刊本作「誰言」。
〔六〕桃李：原校：「一作竹鴇。」叢刊本作「竹鶴」。
〔七〕倍倍：叢刊本作「更倍」。

4 次韻答斌老病起獨游東園二首

萬事同一機，多慮乃禪病。排悶有新詩，忘蹄出兔徑。蓮花生淤泥，可見嗔喜性。小立近幽香，心與晚色静。

其二

主人心安樂，花竹有和氣。時從物外賞，自益酒中味。斸枯蟻改穴，掃籜筍迸地。萬籟寂中生，乃知風雨至〔一〕。

〔一〕知：叢刊本作「見」。

5 又和二首

西風鏖殘暑，如用霍去病。疏溝滿蓮塘，埽葉明竹徑。中有寂寞人，自知圓覺性。心猿方睡起，一笑六窗静。

其二

外物攻伐人，鐘鼓作聲氣。待渠弓箭盡，我自味無味。宴安衽席間，蛟鰐垂涎地。君子履微霜，即知堅冰至。

6 又答斌老病愈遣悶二首

百痾從中來，悟罷本誰病〔一〕。西風將小雨，涼入居士徑。苦竹遶蓮塘，自悦魚鳥性。紅妝倚翠蓋〔二〕，不點禪心静。

其二

風生高竹涼，雨送新荷氣。魚游悟世網，鳥語入禪味。一揮四百病，智刃有餘地。病來每厭客，今乃思客至。

〔二〕誰：叢刊本作「非」。

〔三〕紅妝：《内集詩注》作「紅荷」。

7 次韻楊明叔見餞十首 并序〔一〕 元符三年戎州作

楊明叔從予學問，甚有成。當路無知音，求爲瀘州從事而不能得。予蒙恩東歸，用「蛟龍得雲雨，鵰鶚在秋天」作十詩見餞，因用其韻以别。

平津善牧豕，欱飛能斬蛟。終藉一汲黯，淮南解兵交。楊子有直氣，未忍死草茅。引之入漢朝，誰爲續弦膠。

其二

楊君清渭水，自流濁涇中。今年貧到骨，豪氣似元龍。男兒生世間，筆端吐白虹。何事與秋螢，争光蒲葦叢。

其三

事隨世滔滔，心欲自得得。楊君爲己學，度越流輩百〔二〕。坐捫故衣蝨，垢襪春汗黑。

睥睨紈袴兒，可飲三斗墨。

其四

清静草玄學，西京有子雲。太尉死宗社，大鳥泣其墳。寂寞向千載，風流被仍昆。富貴何足道，聖處要策勳。

其五

桑輿金石交，既别十日雨。子輿裹飯來，一笑相告語。楊子困簞瓢〔三〕，諸公不能舉。儻可從我歸，沙頭駐鳴艣。

其六

山圍少天日，狐鬼能作妖。睒閃載一車，獵人用鳴梟。小智窘流俗，蹇淺不能超。安得萬里沙，霜晴看射雕〔四〕。

其七

元之如砥柱，大年若霜鶚。王楊立本朝，與世作郛郭。觀公有膽氣，自可繼前作〔五〕。丈夫存遠大，胸次要落落。

其八

虛心觀萬物，險易極變態。皮毛剥落盡，惟有真實在。侍中乃珥貂，御史則冠豸〔六〕。照影或可羞〔七〕，短蓑釣寒瀨。

其九

松柏生澗壑，坐閱草木秋。金石在波中，仰看萬物流。骯髒自骯髒〔八〕，伊優自伊優。但觀百歲後〔九〕，傳者非公侯。

其十

老作同安守，蹇足信所便。胸中無水鏡，敢當吏部銓。恨此虛名在，未脱世糾纏。夢作白鷗去，江南水如天。

〔一〕叢刊本無此題，直以序爲題。
〔二〕流輩：叢刊本作「輩流」。
〔三〕楊子：叢刊本作「楊君」。
〔四〕霜晴：《内集詩注》作「晴天」。
〔五〕自：叢刊本作「似」。

〔六〕則：叢刊本作「即」。
〔七〕照影：叢刊本作「顧影」。
〔八〕骯：《内集詩注》作「抗」。
〔九〕歲：叢刊本作「世」。

8　以古銅壺送王觀復　建中靖國元年發戎至荆作

隨俗易汩没，從公常糾紛。我觀王隆化，人猶不改薰。未見蛇起陸，已看豹成文。愛君古人風，古壺投贈君。酌酒時在傍，可用弭楚氛。問君何以報，直諒與多聞。

9　次韻益修四弟〔一〕

霜晚菊未花，節物亦可嘉。欣欣登高侣，畏雨占暮霞〔二〕。楚人醖菉豆，輕碧自相誇。老夫不舉酒，嚥嗽鳴兩車。良辰與美景，客至但成嗟。

〔一〕原注：「益修名友益，聞善之弟。」
〔二〕《内集詩注》引山谷自注：「諺云：朝霞不出門，暮霞行千里。」

10 以峽州酒遺益修復繼前韻

令節不把酒，新詩徒拜嘉。頗憶宋玉賦，登高氣成霞〔一〕。渚宫但衰柳，朝雲爲誰誇。吾宗懷古恨〔二〕，流涎過麴車。一壺澆往事，聊送解愁嗟〔三〕。

〔一〕氣：叢刊本作「意」。

〔二〕懷：《内集詩注》作「憶」。

〔三〕解：原校：「一作耐。」

11 次韻答黄與迪

和氏有尺璧，楚國無人知。青山抱國器，歲月忽如遺。但使玉非石，果有遭逢時。吾宗固神秀，天乃晚成之。蘭房深九畹，露味挹三危。流俗不顧省，古人可前追。胸中淩雲賦，自貴知音稀。淵源學未淺，孝友家正肥。與世殊軌轍，三黜理亦宜。吴溪浣紗女，不用朱粉施。豈伊風塵子，市門自夸毗。我作僰道囚，三年始放歸。邂逅終日語，詒我五字詩。句如秋雨晴，遠峰抹修眉。老馬甘伏櫪，坐看天驥馳。灑掃清樾下，當爲果茗期。光陰去易失，日月轉兩儀。仲氏有東園，花竹深可依。寸步不往來，千里常夢思。幾時開後户，扶策方自兹。

12 次前韻謝與迪惠所作竹五幅

吾宗墨修竹，心手不自知。天公造化鑪，攬取如拾遺。風雪煙霧雨，榮悴各一時。此物抱晚節，君又潤色之。抽萌或發石，懸筆有阽危。林梢一片雨，造次以筆追。猛吹萬籟作，微涼大音稀。霜兔束毫健，松煙泛硯肥。盤桓未落筆，落筆必中宜。今代捧心學，取笑如東施。或可遺巾幗，選耎如辛毗。生枝不應節，亂葉無所歸。非君一起予，衰病豈能詩〔一〕。憶君初解鞍，新月挂彎眉。夜來上金鏡，坐歎光景馳。我有好東絹〔二〕，晴明要會期。漪漪淇園姿〔三〕，此君有威儀。願作數百竿，水石相因依。他年風動壁，洗我別後思。開圖慰滿眼，何時遂臻兹。

〔一〕衰病：叢刊本作「衰疾」。

〔二〕東：四庫本作「素」。

〔三〕漪漪：《内集詩注》作「猗猗」。

13 衝雨向萬載道中得逍遥觀遂託宿戲題〔一〕崇寧元年荆南作

逍遥近道邊，憩息慰憊懣。晴暉時晦明，謔語諧讜論。草萊荒蒙蘢，室屋壅塵坌。僕僮侍偪仄〔二〕，涇渭清濁混。

〔一〕遂託宿：《内集詩注》作「託宿遂」。

〔二〕侍偪仄：《内集詩注》作「偪側泌」。

14 拜劉凝之畫像 崇寧元年作

棄官清潁尾，買田落星灣。身在菰蒲中，名滿天地間。誰能四十年，保此清浄退〔一〕。往來澗谷中，神光射牛背。

〔一〕清浄：《内集詩注》作「清静」。

15 題李亮功戴嵩牛圖〔一〕 崇寧二年赴宜州經涂作

韓生畫肥馬，立仗有輝光。戴老作瘦牛，平生千頃荒〔二〕。觳觫告主人，實已盡筋力。乞我一牧童，林間聽横笛。

〔一〕原注：「亮功，名公寅。」

〔二〕生：原注：「一作田。」

16 次蘇子瞻和李太白潯陽紫極宮感秋詩韻追懷太白子瞻 崇寧元年荆南作

不見兩謫仙，長懷倚修竹。行遶紫極宮，明珠得盈掬。平生人欲殺，耿介受命獨。往者如可作，抱被來同宿。砥柱閲頹波，不疑更何卜。但觀草木秋，葉落根自復。我病二十年，大斗久不覆。因之酌蘇李，蟹肥社醅熟〔一〕。

〔一〕《内集詩注》：「别本注云：『予以病不能食，暫開酒肉。』故云。」

17 次韻徐仲車喜董元達訪之作南郭篇四韻〔一〕元豐三年自京歸江南作

董侯從軍來，意望名不朽。款門拜徐公，在德不在酒。徐公雖避俗，對客輒粲然。耳不聞世事，時誦陶令篇。

〔一〕叢刊本題下注：「逵。」

18 次韻仲車爲元達置酒四韻

射陽三萬家，莫貴徐公門。誰能拜牀前，況乃共酒樽。惟此醉中趣〔一〕，難爲醒者論。盜卧月皎皎，雞鳴雨昏昏。

〔二〕醉：《内集詩注》作「酒」。

19 次韻仲車因婁行父見寄之詩〔一〕

前朝老諸生，大半正丘首。投荒萬里歸，煩公問健否。往時望江宰，今爲夏津吏。他日可教之，玉音尚無棄。

〔一〕之詩：《内集詩注》作「之什」。

20 次韻吴可權題餘干縣白雲亭 元豐二年北京作

曩時築孤亭〔一〕，勝日有感遇。永懷劉隨州，因榜白雲句。遺老不能談，歲月忽成屢〔二〕。緑陰斤斧盡，華屋風雨仆。吴侯七閩英，宰縣有真趣。絃歌解民愠，根節去吏蠹。材收佛宫餘，工有子來助。厦成燕雀賀，水滿鳧雁翥。四海名士來，一笑佳客聚。雲興碧山留〔三〕，雲散清江去〔四〕。斯須成蒼狗，皆道不如故。至人觀萬物，誰有安立處。寄語吴令君，但遺糟牀注。

〔一〕曩時：叢刊本、《内集詩注》作「曩誰」。

〔二〕歲月：原校：「一作新陳。」叢刊本作「新陳」。

〔三〕雲輿：原校：「一作雲輿。」叢刊本作「雲輿」。
〔四〕雲散：原作：「一作雲隨。」叢刊本作「雲隨」。

21 鄂州節推陳榮緒惠示沿檄崇陽道中六詩老懶不能追韻輒自取韻奉和 崇寧二年作

頭陀寺

頭陀全盛時，宮殿梯空級。城中望金碧，雲外僧䲡䲡。人亡經禪盡，屋破龍象泣。唯有簡棲碑，文章巋然立〔一〕。

道中聞松聲

蟠空作風雨，發地鳴鼓吹。日晴四無人，聲在高林際。伊優兒女語，蹇淺市井議。我欲抱七絃，寫此以卒歲。

中秋山行懷子興節判〔二〕

俗物常偪塞，令人眼生白〔三〕。永懷洛陽人，談詩論畫壁。青山吐秋月，阻作南樓客。但歌靡鹽詩，賞此無瑕璧。

再登蓮落嶺懷君澤知録〔四〕

邑下羮不和，幕中往調護。紛争非士則，各使捐細故。頗憶郗參軍，能令公喜怒。應知鞅掌車，歷盡崔嵬路。

崇陽道中

張公少爲令，愍俗有遺書。左販洞庭橘，右擔彭蠡魚。歌奔中夜女，歸抱十年雛〔五〕。近歲多儒學，仁風似有初。

晚發咸寧行松徑至蘆子

咸寧走蘆子，終日喬木陰。太丘心灑落〔六〕，古松韻清深。聊持不俗耳，静聽無絃琴。非今胡部律，而獨可人心。

〔一〕文章：《内集詩注》作「文字」。

〔二〕節判：四庫本作「節推」。

〔三〕眼生白：原校：「一作眼生角。」

〔四〕蓮落：叢刊本作「蓮荷」。

〔五〕《内集詩注》引山谷自注：「借一韻。」

〔六〕灑落：四庫本作「歷落」。

22 以酒渴愛江清作五小詩寄廖明略學士兼簡初和父主簿〔一〕

崇寧二年赴宜州作

將發沔鄂閒，盡醉竹林酒。二三石友輩，未肯棄老朽。借問坐客誰，盧溪紫髯叟。此翁今惜醉，舊不論升斗。

其二

平生思故人，江漢不解渴。誰言放逐地，燒燭飲至跋。憂予先狗馬，勸以愛膚髮。有罪當竄流，但懼不得活。

其三

廖侯勸我酒，此亦雅所愛。中年剛制之，常懼作灾怪。連臺盤拗倒，故人不相貸。誰能知許事，痛飲且一快。

其四

竹林文章伯，國士無與雙。比來少制作，非以弱故降。景陽機中錦，猶衣被丘江。時時能度曲，秀句入新腔。

其五

斯人絶少可，白眼視公卿。每與俗物逢，三沐取潔清。我亦漫浪者，君何許同盟。試問盧溪叟，猶得多可名。

〔一〕原注：「明略，名正一；和父，名虞世。」

23 過洞庭青草湖

乙丑越洞庭，丙寅渡青草。似爲神所憐，雪上日杲杲。我雖貧至骨，猶勝杜陵老。憶昔上岳陽，一飯從人討。行矣勿遲留，蕉林追獦獠。

24 晚泊長沙示秦處度范元實用寄明略和父韻五首〔一〕長沙即潭州，在洞庭南。

昔在秦少游，許我同門友。掘獄無張雷，劍氣在牛斗。今來見令子，文似前哲有。何用相澆潑，清江淥如酒。

其二

范公太史僚，山立乃先達。發揮百代史，管以六經轄。投身轉嶺海，就木乃京洛。仲子見長沙，且用慰飢渴。

其三

秦郎水江漢，范郎器鼎鼐。逝者不可尋，猶喜二子在。相逢唾珠玉，貧病問薪菜。豫愁帆風船，目極别所愛。

其四

往時高交友，宰木已樅樅。今我二三子，事業在鐙窗。秦范波瀾闊，笑陸海潘江。願兹秉經術，出仕榮家邦。

其五

少游五十策，其言明且清。筆墨深關鍵，開闔見日星。陳友評斯文，如鐘磬鼓笙。誰能續鳳鳴，洗耳聽兩甥〔二〕。

〔一〕叢刊本題下注：「湛、温。」謂秦湛、范温。

〔二〕《内集詩注》引山谷自注：「秦、范相謂爲甥。」

25 浯溪圖 崇寧三年發潭赴宜州作

成子寫浯溪，下筆便造極。空濛得真趣，膚寸已千尺。只今中宫寺，在昔漫郎宅。更作老夫船，檣竿插蒼石。

26 玉芝園〔一〕并序

去年三月清明，蔣彦回喜太守、監郡過其玉芝園，作詩十六韻，二侯皆有報章。今年三月，余到玉芝園，記録一時，次其舊韻。

春生瀟湘水，風鳴澗谷泉。過雨花漠漠，弄晴絮翩翩。名園上朱閣，觀後復觀前。借問昔居人，岑絶無炊煙。人生須富貴，河水清且漣。百年共如此，安用涕潺湲。蔣侯真好事，杖屨喜接連。車載溪中骨，堆排若差肩〔二〕。厭看孔壬面，醜石反成妍。感君勸我醉，吾亦無間然。亂我朱碧眼，空花墜便翾。行動須人扶，那能金石堅。愛君雷氏琴，湯湯發朱絃。但恨賞音人，大半隨逝川。平生有詩病〔三〕，如痼不可痊。今當痛自改，三釁復三湔。

〔一〕叢刊本無此題，以序爲題。

〔二〕堆：《内集詩注》作「推」。

〔三〕病：叢刊本、《内集詩注》作「罪」。

27 遊愚溪〔一〕并序

三月辛丑，同徐靖國到愚溪，過羅氏修竹園，入朝陽洞，蔣彦回、陶介石、僧崇廣及余子相步及余於朝陽巖〔二〕，徘徊水濱。久之，有白雲出洞中，散漫洞口，咫尺欲不相見，介石請作五字記之。

意行到愚溪，竹輿鳴擔肩。冉溪昔居人，埋没不知年。偶託文字工，遂以愚溪傳。柳侯不可見，古木蔭濺濺。羅氏家瀟東，瀟西讀書園。筍茁不避道，檀欒摇春煙。下入朝陽巖，次山有銘鐫。蘚石破篆文，不辨瞿、李、袁。嵌竇響笙磬，洞中出寒泉。同遊四五客〔三〕，拂石弄潺湲。俄頃生白雲，似欲駕我仙。吾將從此逝，挽牽遂回船。

〔一〕叢刊本無此題，以序爲題。

〔二〕僧崇廣：《内集詩注》作「僧崇慶」。

〔三〕四五：《内集詩注》作「三五」。

28 代書寄翠巖新禪師

山谷青石牛，自負萬鈞重。八風吹得行，處處是日用。又將十六口，去作宜州夢。苦憶新老人，是我法梁棟。信手斫方圓，規矩一一中。遥思靈源叟，分坐法席共。聊持楚狂句，往作天女供。嶺上早梅春，參軍䟦獨弄。

29 以椰子茶瓶寄德孺二首

碩果覔林梢，可以代懸匏。攜持二十年，煮茗當酒肴。我今禦魑魅，學打衲僧包。聊持堅重器，遺我金石交。

其二

炎丘椰木實，入用隨茗椀。譬如楛石砮，但貴從來遠。往時萬里物，今在籬落間。知公一拂拭，想我瘴霧顔。

30 次韻劉景文登鄴王臺見思五首〔一〕 元豐七年德平作

黄濁歸大壑，漣漪遶重城。西風一横笛，金氣與高明。歸鴉度晚景，落雁帶邊聲。平生知音處，别離空復情。

其二

舊時劉子政，憔悴鄴王城。把筆已頭白，見書猶眼明。平原秋樹色，沙麓暮鐘聲。歸雁南飛盡，無因寄此情。

其三

繫匏兩相憶，極目十餘城。積潦干斗極，山河皆夜明。白璧按劍起，朱紘流水聲。乖逢四時爾，木石了無情。

其四

茗花浮曾坑，酒泛酌宜城。路尋西九曲，人似漢三明。千户非無相，五言空有聲。何時郭池晚，照影寫閒情。

其五

公詩如美色，未嫁已傾城。嫁作蕩子婦，寒機泣到明。緑琴蛛網徧，絃絶不成聲。想見鴟夷子，江湖萬里情。〔三〕

〔一〕叢刊本題下注：「季孫。」

〔二〕原注：「按蜀本《詩集》注云『平原秋樹色』，平原即德州。又云『極目十餘城』，蓋鄴王臺在相州，與德州皆河北郡，相去數驛。」

31 情人怨戲效徐庾慢體三首〔一〕元祐三年祕書省作

秋水無言度，荷花稱意紅。主人敬愛客，催喚出房籠。一斛明珠曲，何時落塞鴻。試煩春筍手〔二〕，聊爲剥蓮蓬〔三〕。

其二

障羞羅袂薄，承汗領巾紅。晚風斜蔓髮，逸艷照窗籠。胡琴抱明月，寶瑟陣歸鴻。倚壁生蛛網，年光如轉蓬。

其三

翡翠釵梁碧，石榴裙摺紅。隙光斜斗帳，香字冷薰籠。聞道西飛燕，將隨北固鴻〔四〕。鴛鴦會獨宿，風雨打船蓬〔五〕。

〔一〕情人：原作「清人」，據《内集詩注》改。

〔二〕試煩：《内集詩注》作「莫藏」。

〔三〕聊：《内集詩注》作「且」。又「剥蓮蓬」，原校云：「一作撥萍蓬。」

〔四〕《内集詩注》注：「北固鴻，未詳，恐字誤。今按《月令》：雁北鄉。鄉與向通，恐當作『北向鴻』，固蓋向字之誤。」

〔五〕原注：「按此詩萬曆重刻編入五律中，但既注效徐庾體，自應以時代爲次，故未便復仍舊編云。」

32　跋子瞻和陶詩　建中靖國元年發戎至荆州作

子瞻謫嶺南，時宰欲殺之。飽喫惠州飯，細和淵明詩。彭澤千載人〔一〕，東坡百世士。出處雖不同，風味乃相似〔二〕。

〔一〕彭澤：原校：「一作淵明。」

〔二〕風味：原校：「一作氣味。」又原注：「東坡云：『古之詩人有擬言之作矣，未有追和古人者也，追和古人則始於東坡。吾於詩人無所甚好，獨好淵明，其詩質而實綺，瘦而實腴，自曹、劉、鮑、謝、李、杜諸人皆莫及也。吾前後和其詩，凡一百九篇，至其得意，自謂不甚愧淵明，然吾之於淵明豈獨好其詩也哉！如其爲人，實有感焉。淵明臨終疏告儼等：吾少而窮苦，每（廉）以家弊，東西遊走。性剛才拙，與物多忤。自量爲己，必貽俗患，僶俛辭世，使汝等幼而饑寒。淵明此語蓋實録也。吾真有此病而不蚤自知，半生出仕以犯世患，此所以深愧淵明，欲以晚節師範其萬一也。』東坡自言如此。公跋此詩，有真蹟石刻，題云『建中靖國元年四月，在荆州承天寺觀此詩卷，歎息彌日，作小詩題其後』云。」

33 顔徒貧樂齋二首〔一〕建中靖國元年荆南作

衡門低首過，環堵容膝坐。四旁無給侍，百衲自纏裹。論事直如絃，觀書曲肱卧。飢來或乞食，有道無不可。

其二

小山作友朋，義重子輿桑。香草當姬妾，不須珠翠妝。烏烏窺凍硯，星月入幽房。兒報無炊米，浩歌繞屋梁。

〔一〕原注：「顔徒名友顔，益修之弟。」《内集詩注》：「顔徒姓黄，名友顔，侍御史昭之第三子。」

宋黄文節公全集·正集卷第四

詩

七言古

1 送范德孺知慶州〔一〕元祐元年祕書省作

乃翁知國如知兵，塞垣草木識威名。敵人開户玩處女，掩耳不及驚雷霆。平生端有活國計，百不一試薶九京。阿兄兩持慶州節，十年騏驎地上行。潭潭大度如卧虎，邊人耕桑長兒女〔二〕。折衝千里雖有餘，論道經邦正要渠。妙年出補父兄處，公自才力應時須。春風旍旜擁萬夫，幕下諸將思草枯。智名勇功不入眼，可用折箠笞羌胡。〔三〕

〔一〕原注：「德孺，名純粹。」

〔二〕邊人：《内集詩注》作「邊頭」。

〔三〕原注：「按蜀本《詩集》注云：《實録》：元豐八年八月，直龍圖閣、東京轉運使范純粹之慶州。公作此詩送之。又趙子隄家有公與晁堯民帖，云：『范五詩至今未成，比來幾月四十日，不曾道一句。』范五即德孺，行五也。」

2 次韻李之純少監惠硯〔一〕元豐七年德平作

黄公山下黄雞秋，持節卹刑曾少休。小人負弩得開道，掃葉張飲林巖幽。相傳有石非地產，列仙持來自羅浮。酒酣步出雲雨上，南撫方城西嵩丘。林端乃見石空洞，猛獸贔屭踞上頭。鳥道兔迒謀挽致，萬牛不動五丁愁〔二〕。道家蓬萊見仙伯，我亦洗湔與清流。探囊贈研頗宜墨，近出黄山非遠求。乃知此山自才美，物欲致用當窮搜。迷邦故令成器晚，不琢元非匠石羞。〔三〕

〔一〕原注：「之純，名周。」
〔二〕五丁：叢刊本作「六丁」。
〔三〕原注：「按詩中有『我亦洗湔與清流』句，係公初入館閣時作。」

3 次韻子瞻題郭熙畫秋山 元祐二年祕書省作

黄州逐客未賜環，江南江北飽看山。玉堂卧對郭熙畫，發興已在青林間。郭熙官畫但荒遠，短紙曲折開秋晚。江村煙外雨腳明，歸雁行邊餘疊巘。坐思黄柑洞庭霜，恨身不如雁隨陽。熙今頭白有眼力，尚能弄筆映窗光。畫取江南好風日，慰此將衰鏡中髮〔一〕。但熙肯畫寬作程，五日十日一水石〔二〕。

〔一〕衰：叢刊本、《内集詩注》作「老」。

〔二〕五日十日：《内集詩注》作「十日五日」。又詩末原注：「東坡詩所謂『玉堂畫掩春日閑』，即此韻。」

4　詠李伯時摹韓幹三馬次蘇子由韻簡伯時兼寄李德素〔一〕

太史瑣窗雲雨垂，試開三馬拂蛛絲。李侯寫影韓幹墨，自有筆如沙畫錐。絶塵超日精爽緊，若失其一望路馳。馬官不語臂指揮，乃知仗下非新羈。吾嘗覽觀在坰馬，駑駘成列無權奇，緬懷胡沙英妙質〔二〕，一雄可將十萬雌〔三〕。決非厮養所成就〔四〕，天驥生駒人得之。千金市骨今何有，士或不價五羖皮。李侯畫隱百僚底，初不自期人誤知。戲弄丹青聊卒歲，身如閲世老禪師。

〔一〕原注：「伯時名公麟，德素名楶。」

〔二〕英妙：四庫本作「英賢」。

〔三〕十萬：《内集詩注》作「千萬」。

〔四〕厮養：《内集詩注》作「皂櫪」。

5 次韻子瞻和子由觀韓幹馬因論伯時畫天馬

于闐花驄龍八尺，看雲不受絡頭絲。西河驄作蒲萄錦，雙瞳夾鏡耳卓錐。長楸落日試天步，知有四極無由馳。電行山立氣深穩，可耐珠韉白玉羈。李侯一顧歎絶足，領略古法生新奇。一日真龍入圖畫，在坰群雄望風雌。曹霸弟子沙苑丞，喜作肥馬人笑之。李侯論幹獨不爾，妙畫骨相遺毛皮。翰林評書乃如此，賤肥貴瘦渠未知。況我平生賞神俊〔一〕，僧中云是道林師。

〔一〕俊：原校：「一作駿。」《内集詩注》作「駿」。

6 謝黄從善司業寄惠山泉〔一〕元祐二年秘書省作

錫谷寒泉撱石俱，并得新詩蠆尾書。急呼烹鼎供茗事，晴江急雨看跳珠。是功與世滌膻腴，令我屢空常晏如。安得左轓清潁尾，風鑪煮茗卧西湖。

〔一〕原注：「從善，名降，後爲御史中丞。《實録》：元豐八年十二月乙酉，承議郎黄降守國子監司業。」

7 次韻錢穆父贈松扇〔一〕

銀鈎玉唾明繭紙，松箑輕涼并送似。可憐遠度幘溝婁，適堪今時褦襶子。丈人玉立氣高寒，三韓持節見神山。合得安期不死草〔二〕，使我蟬蜕塵埃間。

〔一〕《内集詩注》：「穆父，名勰。」

〔二〕合得安期不死草：《内集詩注》作「合得安期不死藥」，叢刊本作「應得安期不死草」。

8 戲和文潛謝穆父松扇

猩毛束筆魚網紙，松柎織扇清相似。動摇懷袖風雨來，想見僧前落松子。張侯哦詩松韻寒，六月火雲蒸肉山。持贈小君聊一笑，不須射雉彀黄間。

9 次韻王炳之惠玉板紙〔一〕

王侯鬚若緣坡竹，哦詩清風起空谷。古田小紙惠我百〔二〕，信知溪翁能解玉。嗚磓千杵動秋山，裹糧萬里來輦轂。儒林丈人有蘇公，相如子雲再生蜀。往時翰墨頗横流，此公歸來有邊幅。小楷多傳《樂毅篇》〔三〕，高詞欲奏《雲門曲》。不持歸掃蘇公門〔四〕，乃令小人今拜辱。去騷甚遠文氣卑，畫虎不成書勢俗。董狐南史一筆無，誤掌殺青司記録。雖然此中有公議，或辱五鼎榮半菽。願公進德使見書，不敢求君米千斛〔五〕。

〔一〕原注：「炳之，名伯虎。」
〔二〕小紙：叢刊本作「小箋」。
〔三〕篇：叢刊本、《内集詩注》均作「論」。
〔四〕歸：《内集詩注》作「去」。
〔五〕君：《内集詩注》作「公」。

10 送王郎 元豐七年德平作

酌君以蒲城桑落之酒，泛君以湘纍秋菊之英。贈君以黟川點漆之墨，送君以《陽關》墮淚之聲。酒澆胸次之磊塊〔一〕，菊制短世之頽齡。墨以傳千古文章之印〔二〕，歌以寫一家兄弟之情〔三〕。江山萬里俱頭白〔四〕，骨肉十年終眼青〔五〕。連牀夜語雞戒曉，書囊無底談未了。有功翰墨乃如此，何恨遠别音書少。炊沙作糜終不飽，鏤冰文章費工巧〔六〕。要須心地收汗馬，孔孟行世日杲杲。有弟有弟力持家，婦能養姑供珍鮭。兒大詩書女絲麻〔七〕，公但讀書煮春茶〔八〕。

〔一〕次：叢刊本作「中」。
〔二〕千：《内集詩注》作「萬」。
〔三〕一家：叢刊本作「從來」。
〔四〕萬里：《内集詩注》作「千里」。又「俱頭」，叢刊本作「頭將」，四庫本作「頭俱」。
〔五〕終眼青：叢刊本作「眼終青」。
〔六〕文章：叢刊本作「文字」。
〔七〕書：叢刊本、《内集詩注》作「禮」。又「絲」，原注：「一作桑。」
〔八〕煮春茶：叢刊本校：「一作遮眼花。」

11 送鄭彦能宣德知福昌縣〔一〕元祐元年祕書省作

往時河北盜横行，白晝驅人取城郭〔二〕。唯聞不犯鄭冠氏，犬卧不驚民氣樂。祇今化兵作鋤耰，田舍老翁百不憂。銅章去作福昌縣，山中讀書民有秋。福昌愛民如父母，當官不擾萬事舉。用才之地要得人，眼中虚席十四五。不知諸公用心許，魯恭卓茂可人否。〔三〕

〔一〕原注：「彦能，名僅。」

〔三〕取：原校：「一作入。」

〔三〕原注：「按畨注載：公此詩真蹟跋云：『吾友鄭彦能，今可爲縣令師也。以予寒鄉士，不能重之於朝，故作詩贈行，以識吾愧。』」

12 雙井茶送子瞻 元祐二年祕書省作

人間風日不到處〔一〕，天上玉堂森寶書。想見東坡舊居士，揮毫百斛瀉明珠。我家江南摘雲腴，落磑霏霏雪不如。爲君喚起黄州夢〔二〕，獨載扁舟向五湖。

〔一〕日：叢刊本作「月」。

〔二〕君：叢刊本作「公」。

13 和答子瞻

一月空迴長者車，報人問疾遣兒書。翰林貽我東南句，窗間默坐得玄珠。故園溪友膾腹腴，遠包春茗問何如。玉堂下直長廊静，爲君滿意説江湖。

14 子瞻以子夏丘明見戲聊復戲答

化工見彈太早計，端爲失明能著書。邇來似天會事發，淚睫見光猶隕珠。喜公新賜紫琳腴，上清虚皇對久如。請天還我讀書眼，願載軒轅訖鼎湖。

15 省中烹茶懷子瞻用前韻

閤門井不落第二〔一〕，竟陵谷簾定誤書〔二〕。思公煮茗共湯鼎，蚯蚓竅生魚眼珠。置身九州之上腴，争名焱中沃焚如。但恐次山胸磊隗，終便酒舫石魚湖〔三〕。

〔一〕閤：原作「闔」，據叢刊本、《内集詩注》改。任淵注引《東京記》：「東上閤門之東，有井絶佳。」是當作「閤」。

〔二〕《内集詩注》校：「舊本云：閤門井似谷簾水，可憐不載竟陵書。」

〔三〕便：原注：「平聲。」叢刊本校：「一作須。」《内集詩注》引山谷自注云：「元次山《石魚湖歌》曰：石魚湖，似洞庭，夏水欲滿君山青。疾風三日作大浪，不能廢人運酒舫。」

16 以雙井茶送孔常父〔一〕

校經同省並門居〔二〕，無日不聞公讀書。故持茗椀澆舌本，要聽六經如貫珠。心知韻勝舌知腴，何似寶雲與真如。湯餅作魔應午寢，慰公渴夢吞江湖。

〔一〕叢刊本題下注：「武仲。」

〔三〕門：《内集詩注》作「同」。

17 常父答詩有煎點徑須煩緑珠之句復次韻戲答

小鬟雖醜巧妝梳〔一〕，掃地如鏡能檢書。欲買娉婷供煮茗，我無一斛明月珠。知公家亦闕掃除，但有文君對相如。政當爲公乞如願，作牋遠寄宫亭湖〔二〕。

〔一〕巧：叢刊本作「頗」。

〔二〕牋：原校：「一作書。」

18 戲呈孔毅父〔一〕

管城子無食肉相〔二〕，孔方兄有絶交書。文章功用不經世〔三〕，何異絲窠綴露珠。校書著作頻詔除，猶能上車問何如。忽憶僧牀同野飯〔四〕，夢隨秋雁到東湖。〔五〕

〔一〕叢刊本題下注：「平仲。」

〔二〕食肉：《内集詩注》作「肉食」。

〔三〕經世：叢刊本作「濟世」。

〔四〕僧牀：叢刊本作「僧房」。

〔五〕原注：「按蜀本《詩集》注云：三篇俱用前韻。此詩有『著作頻詔除』句，蓋公新除著作佐郎也。」

19 以團茶洮州緑石研贈无咎文潛〔一〕

晁子智囊可以括四海，張子筆端可以回萬牛。自我得二士，意氣傾九州。道山延閣委竹帛，清都太微望冕旒。貝宮胎寒弄明月，天網下罩一日收。此地要須無不有，紫皇訪問富春秋。晁无咎，贈君越侯所貢蒼玉璧，可烹玉塵試春色。澆君胸中《過秦論》，斟酌古今來活國。張文潛，贈君洮州緑石含風漪，能淬筆鋒利如錐。請書元祐開皇極，第入思齊訪落詩。

〔一〕原注：「《實録》：元祐元年十二月，試太學録張耒、試太學正晁補之並爲祕書省正字。公以二物分送。」

20 次韻答曹子方雜言〔一〕元祐三年祕書省作

酺池寺，湯餅一齋盂，曲肱懶著書。騎馬天津看逝水，滿船風月憶江湖。往時盡醉冷卿酒，侍兒琵琶春風手。竹間一夜鳥聲春，明朝醉起雪塞門。當年聞説冷卿客，黄鬚鄴下曹將軍。挽弓石八不好武，讀書卧看三峰雲。誰憐相逢十載後，釜裏生魚甑生塵。冷卿白首大官寺，樽前不復如花人。曹將軍，江湖之上可相忘，春鉏對立雙鴛鴦〔二〕。無機與游不亂行，何時解纓濯滄浪。唤取張侯來平章，烹茶煮餅坐僧房。

〔一〕原注：「子方名輔。《實録》：是年九月，太僕寺丞曹輔權發遣福建路轉運判官。」

〔二〕雙鴛鴦：叢刊本、《内集詩注》作「鴛鴦雙」。

21 次韻子瞻武昌西山〔一〕元祐元年祕書省作

漫郎江南酒隱處，古木參天應手栽。石坳爲尊酌花鳥，自許作鼎調鹽梅。平生四海蘇太史，酒澆不下胸崔嵬。黄州副使坐閒散，諫疏無路通銀臺。鸚鵡洲前弄明月，江妃起舞襪生埃。次山醉魂招髣髴，步入寒溪金碧堆。洗湔塵痕飲嘉客，笑倚武昌江作罍。誰知文章照今古，野老争席漁争隈。鄧公勒銘留刻畫，刳剔銀鈎洗緑苔。琢磨十年煙雨晦，摸索一讀心眼開。謫去長沙憂鵩入，歸來杞國痛天摧。玉堂卻對鄧公直，北門唤仗聽風雷。山川悠遠莫浪許，富貴峥嶸今鼎來。萬壑松聲如在耳，意不及此文生哀。〔二〕

〔一〕叢刊本「西山」下有「詩」字。

〔二〕原注：「按當《年譜》載《東坡集》此詩序云『元祐元年十一月二十九日作』，則公詩亦編於是歲。」

奈因明本殘缺，致失其詩，今採任注補入。」

22 謝送碾賜壑源揀芽〔一〕元豐八年祕書省作

矞雲從龍小蒼璧，元豐至今人未識。壑源包貢第一春，緗奩碾香供玉食。睿思殿東金井欄，甘露薦椀天開顔。橋山事嚴庀百局，補衮諸公省中宿〔二〕。中人傳賜夜未央，雨露恩光照宮燭。右丞似是李元禮，好事風流有涇渭。肯憐天禄校書郎，親敕家庭遣分似。春風飽識太官羊，不慣腐儒湯餅腸。搜攪十年鐙火讀，令我胸中書傳香。已戒應門老馬走，客來問字莫載酒。〔三〕

〔一〕《内集詩注》詩題無「賜」字。

〔二〕補衮：叢刊本作「衮司」。

〔三〕原注：「詩中橋山謂神宗山陵，右丞謂李清臣（直邦）〔邦直〕。公于是年已解德平，召授祕書省也，故詩中有『肯憐天禄校書郎』之句。」

23 以小團龍及半挺贈无咎并詩用前韻爲戲

我持玄圭與蒼璧，以暗投人渠不識。城南窮巷有佳人，不索賓郎常晏食。赤銅茗椀雨班班，銀粟翻光解破顔。上有龍文下棋局，擔囊贈君諾已宿〔一〕。此物已是元豐春，先皇聖功調玉燭。晁子胸中開典禮，平生自期莘與渭。故用澆君磊隗胸，莫令鬢毛雪相似。曲几團蒲聽煮湯，煎成車聲繞羊腸。雞蘇胡麻留渴羌，不應亂我官焙香。肥如瓠壺鼻雷吼，幸君飲此勿飲酒。

〔一〕擔囊：原校：「一作探囊。」《内集詩注》作「探囊」。

24 送謝公定作竟陵主簿 元祐元年祕書省作

謝公文章如虎豹，至今斑斑在兒孫。竟陵主簿極多聞，萬事不理專討論。澗松無心古須鬣，天球不琢中粹温。落筆塵沙百馬奔，劇談風霆九河翻。胸中恢疎無怨恩，當官持廉庭不煩〔一〕。吏民欺公亦可忍，慎勿驚魚使水渾。漢濱耆舊今誰存，駟馬高蓋徒紛紛。安知四海習鑿齒，拄笏看度南山雲。

〔一〕庭：叢刊本作「且」。

25 贈送張叔和〔一〕

張侯温如鄒子律，能令陰谷黍生春。有齊先君之季女，十年擇對無可人。箕帚掃公堂上塵，家風孝友故相親。廟中時薦南澗蘋，兒女衣袴得補紉。兩家俱爲白頭計，察公與人意甚真。吏能束縛老姦手，要使鰥寡無顰呻。但迴此光還照己，平生倦學皆日新。我提養生之四印，君家所有更贈君。百戰百勝不如一忍，萬言萬當不如一默。無可簡擇眼界平，不藏秋毫心地直。我肱三折得此醫，自覺兩踵生光輝。團蒲日静鳥吟時〔三〕，鑪薰一炷試觀之。

〔二〕原注：「名塤。」《内集詩注》注：「塤字叔和，洛中人，張燾龍圖之後，娶山谷季妹。」

〔三〕原校：「日静，一本作風静。」

26 僧景宗相訪寄法王航禪師 元祐二年祕書省作

抱犢稍退鳧鷖行，倦禪時作橐駝坐。忽憶頭陀雲外人，閉門作夏與僧過。一絲不掛魚脱淵，萬古同歸蟻旋磨。山中雨熟瓜芋田，喚取小僧休乞錢。〔一〕

〔一〕原注：「按畚注云：張方回家本公自注云：『智航道人住嵩山法王寺，數遣小僧景宗到京師，因宗還寄之。』又公真蹟石刻題云：因僧景宗還大法寺，寄航長老云。」

27 謝王仲至惠洮州礪石黄玉印材〔一〕

洮礪發劍虹貫日，印章不琢色蒸栗。磨礱頑鈍印此心，佳人持贈意堅密。佳人鬢彫文字工，藏書萬卷胸次同。日臨天閑豢真龍，新詩得意挾雷風。我貧無句當一物，看公倒海取明月。

〔一〕原注：「仲至名（斂）〔欽〕臣。」

28 次韻子瞻詠好頭赤圖〔一〕元祐三年祕書省作

李侯畫骨不畫肉〔二〕，筆下馬生如破竹。秦駒雖入天仗圖〔三〕，猶恐真龍在空谷。精神權奇汗溝赤，有頭赤烏能逐日〔四〕。安得身爲漢都護，三十六城看歷歷。

〔一〕《内集詩注》詩題作「和子瞻戲書伯時畫好頭赤」。

〔二〕不：叢刊本作「亦」。

〔三〕天仗圖：叢刊本作「天馬圖」。

〔四〕有頭：叢刊本作「自有」。

29 觀伯時畫馬 公試院中作

儀鸞供帳饕蝨行，翰林濕薪爆竹聲，風簾官燭淚縱横。木穿石槃未渠透，坐窗不遨令人瘦，貧馬百蕒逢一豆〔一〕。眼明見此玉花驄，徑思著鞭隨詩翁，城西野桃尋小紅。

〔二〕蕢：叢刊本作「菽」。

30 記夢 元祐四年祕書省作

衆真絶妙擁靈君，曉然夢之非紛紜。窗中遠山是眉黛，席上榴花皆舞裙。借問琵琶得聞否，靈君色莊妓摇手。兩客争棋爛斧柯，一兒壞局君不呵。杏梁歸燕語空多〔一〕，奈此雲窗霧閣何。

〔一〕語空：叢刊本作「空語」。

31 次韻子瞻送李豸〔一〕 元祐三年祕書省作

驥子墮地追風日，未試千里誰能識。習之《實録》葬皇祖，斯文如女有正色。今年持槖佐春官，遂失此人難塞責。雖然一鬨有奇偶，博懸於投不在德。君看巨浸朝百川，此豈有意潢潦前。願爲霧豹懷文隱，莫愛風蟬蜕骨仙。

〔一〕原注：「李豸，字方叔，是歲下第歸。」《内集詩注》作「李廌」。按豸與廌通。

32 次韻子瞻以紅帶寄王宣義〔一〕

參軍但有四立壁，初無臨江千木奴。白頭不是折腰具，桐帽椶鞵稱老夫。滄江鷗鷺野心性，陰壑虎豹雄牙須。鷫鸘作裘初服在〔二〕，猩血染帶鄰翁無。昨來杜鵑勸歸去，更得把酒聽提壺〔三〕。當今人材不乏使，天上二老須人扶。兒無飽飯尚勤書，婦無複褌且著襦。社甕可漉溪可漁，更問黄雞肥與癯。林間醉著人伐木，猶夢官下聞追呼。萬釘圍腰莫愛渠，富貴安能潤黄壚。〔四〕

〔一〕叢刊本題作《次韻子瞻寄眉山王宣義》。《内集詩注》：「王淮奇，字慶源，眉之青神人，東坡叔丈人也。」

〔二〕鸘：《内集詩注》作「鷞」。

〔三〕更得：右書作「更待」。

〔四〕原注：「東坡有《慶源宣義王丈求紅帶》詩，即此韻。其序云：『請黄魯直學士、秦少游賢良各爲賦一首，爲老人光華。』即此詩也。」

33 聽宋宗儒摘阮歌

翰林尚書宋公子，文采風流今尚爾。自疑耆域是前身，囊中探丸起人死〔一〕。貌如千歲枯松枝，落魄酒中無定止。得錢百萬送酒家，一笑不問今餘幾。手揮琵琶送飛鴻〔二〕，促絃聒醉驚客起。寒蟲催織月籠秋，獨雁叫群天拍水。楚國羈臣放十年，漢宫佳人嫁千里。深閨洞房語恩怨，紫燕黄鸝韻桃李。楚狂行歌驚市人，漁父拏舟在葭葦。問君枯木著朱繩，何能道人意中事。君言此物傳數姓，玄璧庚庚有横理。閉門三月傳國工，身今親見阮仲容。我有江南一丘壑，安得與君醉其中，曲肱聽君寫松風。

〔二〕人：原校：「一作九。」
〔三〕琵琶：原校：「一作阮咸。」

34 博士王揚休輾密雲龍同事十三人飲之戲作 元祐二年祕書省作

矞雲蒼璧小盤龍〔一〕，貢包新樣出元豐。王郎坦腹飯牀東，太官分物來婦翁。棘圍深鎖武成宫，談天進士雕虚空。鳴鳩欲雨唤雌雄，南嶺北嶺宫徵同。午窗欲眠視濛濛，喜君開包碾春風，注湯官焙香出籠。非君灌頂甘露椀，幾爲談天乾舌本。

〔一〕矞雲：叢刊本作「亂雲」。

35 答黄冕仲索煎雙井并簡揚休〔一〕

江夏無雙乃吾宗，同舍頗似王安豐。能澆茗椀湔祓我，風袂欲挹浮丘翁。吾宗落筆賞幽事，秋月下照澄江空。家山鷹爪是小草，敢與好賜雲龍同。不嫌水厄幸來辱，寒泉湯鼎聽松風，夜堂朱墨小鐙籠。惜無纖纖來捧椀，惟倚新詩可傳本。

〔一〕原注：「冕仲，名裳。」

36 再答冕仲

丘壑詩書雖數窮，田園芋栗頗時豐。小桃源口雨繁紅，春溪蒲稗没鳧翁。投身世網夢歸去，摘山鼓聲雷隱空〔一〕。秋堂一笑共鐙火，與公草木臭味同。安用茗澆磊磈胸，他日過飯隨家風，買魚貫柳雞著籠。更當力貧開酒椀，走謁鄰翁稱子本。

〔一〕隱：叢刊本作「殷」。

37 戲答陳元輿〔一〕

平生所聞陳汀州，蝗不入境年屢豐。東門拜書始識面，鬢髮幸未成老翁。官餮同盤厭腥膩〔二〕，茶甌破睡秋堂空。自書不復蛾眉夢，枯淡頗與小人同。但憂迎笑花枝紅〔三〕，夜窗冷雨打斜風，秋衣沈水换薰籠。銀屏宛轉復宛轉，意根難拔如薤本。

〔一〕原注：「元輿，名軒。」

〔二〕腥：叢刊本作「羶」。

〔三〕花枝：原校：「一作新粧。」

38 再答元輿

君不能入身帝城結子公，又不能擊强有如諸葛豐。法當憔悴百寮底，五十天涯一禿翁。問君何自今爲郎，便殿作賦聲摩空〔一〕。偶然樽酒相勞苦，牛鐸調與黄鍾同。安得朱轓各憑熊，江南樓閣白蘋風，勸歸啼鳥曉窗籠。男兒邂逅功補衮，烏倦歸巢葉歸本。

〔一〕作：叢刊本作「奏」。

宋黄文節公全集·正集卷第五

詩

七言古

1 演雅 元豐六年太和作

桑蠶作繭自纏裹，蛛蝥結網工遮邏。燕無居舍經始忙，蝶爲風光勾引破。老鶬銜石宿水飲，稺蜂趨衙供蜜課。鵲傳吉語安得閒，雞催晨興不敢卧。氣陵千里蠅附驥，枉過一生蟻旋磨。蝨聞湯沸尚血食，雀喜宮成自相賀。晴天振羽樂蜉蝣，空穴祝兒成蜾蠃。蛣蜣轉丸賤蘇合，飛蛾赴燭甘死禍。井邊蠹李螬苦肥，枝頭飲露蟬常餓。天螻伏隙録人語，射工含沙須影過。訓狐啄屋真行怪，蠨蛸報喜太多可。鸕鶿密伺魚蝦便，白鷺不禁塵土涴。絡緯何嘗省機織，布穀未應勤種播。五技鼯鼠笑鳩拙，百足馬蚿憐鱉跛。老蚌胎中珠是賊，醯雞甕裹天幾大。螳螂當轍恃長臂，熠燿宵行矜照火。提壺猶能勸沽酒，黄口只知貪飯顆。伯勞饒舌世不問，鸚鵡纔言便關鎖。春蛙夏蜩更嘈雜，土蚓壁蟫何碎瑣。江南野水碧于天，中有狎鷗閑似我〔一〕。

〔一〕狎鷗：原校：「一作白鷗。」《内集詩注》作「白鷗」。

2 戲答趙伯充勸莫學書及爲席子澤解嘲〔一〕元祐二年祕書省作

平生飲酒不盡味，五鼎餽肉如嚼蠟。我醉欲眠便遣客，三年窺牆亦面壁。空餘小來翰墨場，松煙兔穎傍明窗。偶隨兒戲灑墨汁，衆人許在崔杜行。晚學長沙小三昧，幻出萬物真成狂。龍蛇起陸雷破柱，自喜奇觀繞繩牀。家人罵笑寧有道，污染黄素敗粉牆。誠不如南鄰席明府，蛛網鎖硯蝸書梁。懷中探丸起九死，才術頗似漢太倉。感君詩句唤夢覺，邯鄲初未熟黄粱。身如朝露無牢强，玩此白駒過隙光。從此永明書百卷，自公退食一鑪香。

〔一〕原注：「伯充，名叔盎；(席子)〔子澤〕，名延賞。」

3 戲書秦少游壁〔一〕元祐四年祕書省作

丁令威，化作遼東白鶴歸，朱顔未改故人非。微服過宋風退飛，宋父擁篲待來歸，誰饋百牢鸜鵒妃。秦氏烏生八九子〔二〕，雅烏之兄畢逋尾。憶炊門牡烹伏雌，未肯增巢令汝棲。莫愁野雉疏家雞，但願主人印纍纍。

〔一〕原注：「少游，名觀。」

〔二〕烏生：叢刊本作「庭烏」。

4 送少章從翰林蘇公餘杭〔一〕

東南淮海惟揚州，國士無雙秦少游。欲攀天關守九虎，但有筆力迴萬牛。文學縱橫乃如此，故應當家有季子。時來誰能力作難，鴻雁行飛入道山。斑衣兒啼真自樂，從師學道也不惡。但使新年勝故年〔二〕，即如常在郎罷前。

〔一〕原注：「《實録》東坡是年出知杭州，少章從之。」

〔二〕但：原校：「一作自。」

5 便糴王丞送碧香酒用子瞻韻戲贈鄭彥能〔一〕元祐元年祕書省作

食貧好飲嘗自嘲〔二〕，日給上尊無骨相。大農部丞送新酒〔三〕，碧香竊比主家釀。應憐坐客竟無氈，更遭官長頗譏謗。銀杯同色試一傾，排遣春寒出幃帳。浮蛆翁翁盃底滑，坐想康成論泛盎。重門著關不爲君，但備惡客來仇餉。

〔一〕《内集詩注》：「王詵晉卿尚蜀國公主，其家酒名碧香。彦能，名僅。」
〔二〕好飲：《内集詩注》作「好酒」。
〔三〕送新：原校：「一本作肯送。」

6 戲和答禽語 元豐六年太和作

南村北村雨一犁，新婦餉姑翁哺兒。田中啼鳥自四時，催人脱袴著新衣。著新替舊亦不惡，去年租重無袴著。

7 謝景叔惠冬筍雍酥水梨三物〔一〕元祐二年祕書省作

玉人憐我長蔬食，走送厨珍自不嘗。秦牛肥膩酥勝雪，漢苑甘寒梨得霜〔二〕。冰底斵生春筍束〔三〕，豹文解籜饌寒玉。見他桃李憶故園，嚵獠應殘遶窗竹。〔四〕

〔一〕原注：「景叔，名師雄。」按景叔姓游。
〔二〕甘寒：《内集詩注》作「甘泉」。
〔三〕生春：《内集詩注》作「春生」。
〔四〕《内集詩注》注：「山谷此詩舊本云：惠文緑籜包一束，園丁破凍取寒玉。堅冰封節春未回，不怕南風吹作竹。」

8 再答景叔

女三爲粲當獻王，三珍同盤乃得嘗。甘泉下澆藜莧腸〔一〕，令我詩句挾風霜。小人食珍敢取足，都城一飯炊白玉。賜錢千萬民猶飢，雪後排簷凍銀竹。

〔一〕甘泉：叢刊本作「甘寒」。

9 出城送客過故人東平侯趙景珍墓〔一〕元祐四年祕書省作

朱顏苦留不肯住〔二〕，白髮政爾欺得人。嬋娟去作誰家妾，意氣都成一聚塵。今日牛羊上丘壟，當時近前左右嗔。花開鳥啼荆棘裏，誰與平章作好春。〔三〕

〔一〕原注：「景珍，名令瓖。」叢刊本題下注作「令蠙」。按作「蠙」是，《宋史》卷二一八《宗室世系表》九有「贈東平侯令蠙」，即此人。
〔二〕苦：原校：「一作欲。」
〔三〕原注：「按蜀本石刻真蹟題云《春游偶到故人東平侯墓下》，即此詩，亦載《別集》。」

10 題也足軒〔一〕有序　元符二年戎州作

簡州景德寺覺範道人，種竹于所居之東軒，使君楊夢貺題其軒曰「也足」，取古人所謂「但有歲寒心，兩三竿也足」者也，仍爲之賦詩。余輒次韻。〔二〕

道人手種兩三竹〔三〕，使君忽來唾珠玉。不須客賦千首詩，若是賞音一夔足。世人愛處但同流〔四〕，一絲不掛似太俗。客來若問有何好〔五〕，道人優曇遠山緑〔六〕。

〔一〕叢刊本題作「笻竹」，無序。

〔二〕《内集詩注》校云：「此詩以石本校過，改正種、愛、若、曇四字。」

〔三〕手種：叢刊本作「手插」。

〔四〕愛處：叢刊本作「同處」。

〔五〕若問：叢刊本作「問我」。

〔六〕優曇：叢刊本作「優波」。

11 次韻李任道晚飲鎖江亭　元符三年戎州作

西來雪浪如炰烹，兩涯一葦乃可横〔一〕。忽思鍾陵江十里，白蘋風起縠紋生。酒杯未覺浮蟻滑，茶鼎已作蒼蠅鳴。歸時共須落日盡，亦嫌持蓋僕屢更。

〔一〕涯：叢刊本作「崖」。

12 送石長卿太學秋補

長卿家亦但四壁，文君窺之介如石。胸中已無少年事，骨氣乃有老松格。漢文新覽天下圖〔一〕，詔山採玉淵獻珠。再三可陳治安策，第一莫上登封書。〔二〕

〔一〕覽：叢刊本作「攬」。

〔二〕原注：「按當注，詩中有『新覽天下圖』句，謂徽宗初立。公有《試張通筆帖》云：『戎州城南僦舍中眉山石長卿觀書，今補太學。』」

13 次韻黄斌老所畫横竹 元符二年戎州作

酒澆胸次不能平，吐出蒼竹歲崢嶸。卧龍偃蹇雷不驚，公與此君俱忘形。晴窗影落石泓處，松煤淺染飽霜兔。中安三石使屈蟠，亦恐形全便飛去。

14 戲詠子舟畫兩竹兩鸜鵒

風晴日暖摇雙竹，竹間相語兩鸜鵒。鸜鵒之肉不可肴，人生不材果爲福。子舟之筆利如錐，千變萬化皆天機。未知筆下鸜鵒語，何似夢中胡蝶飛。

15 題榮州祖元大師此君軒〔一〕

王師學琴三十年，響如清夜落澗泉。滿堂洗盡箏琶耳，請師停手恐斷絃。神人傳書道人命，死生貴賤如看鏡。晚知直語觸憎嫌，深藏幽寺聽鐘磬。有酒如澠客滿門，不可一日無此君。當時手栽數寸碧，聲挾風雨今連雲。此君傾蓋如故舊，骨相奇怪清且秀。程嬰杵臼立孤難，伯夷叔齊采薇瘦。霜鐘堂上弄秋月，微風入絃此君説。公家周彦筆如椽〔二〕，此君語意當能傳。

〔一〕祖元：叢刊本誤作「祖無」。《内集詩注》：「山谷有此詩跋云：『元符二年閏月初吉，書贈榮州琴師祖元。』」

〔二〕公家：叢刊本作「君家」。

16 借景亭〔一〕 并序　元符三年戎州作

青神縣尉廳葺城頭舊屋，作借景亭，下瞰史家園水竹〔二〕，終日寂然，了無人迹，又當大木緑陰之間。戲作長句，奉呈信孺明府、介卿少府。

青神縣中得兩張，愛民財力唯恐傷〔三〕。二公身安民乃樂，新葺城頭五月涼〔四〕。竹鋪不涴吴綾襪，東西開軒蔭清樾。當官借景未傷民〔五〕，恰似鑿池取明月。〔六〕

〔一〕叢刊本無此題，以序爲題。

〔二〕史家園：《内集詩注》無「園」字。

〔三〕力：叢刊本作「物」。

〔四〕新葺城頭五月涼：《内集詩注》「新」作「勸」，叢刊本「五」作「六」。

〔五〕未傷：《内集詩注》作「不傷」。

〔六〕原注：「按蜀本《詩集》注云：八月在青神尉廳作。尉即張（祖）〔祉〕介卿也。祖父誾，雅州人，娶公之姑，卒官太常卿，見公所作《張子履墓誌》。」

17 戲贈家安國〔一〕 元符三年戎州作

家侯口吃善著書，常願執戈王前驅。朱紱蹉跎晚監郡，吟弄風月思天衢。二蘇平生親且舊，少年筆硯老杯酒。但使一公轉鴻鈞〔二〕，此老矍鑠還冠軍。

〔一〕原注：「（黄）〔家〕安國，眉山人，字復禮。」

〔二〕一公轉鴻鈞：《内集詩注》作「一氣轉洪鈞」。

18 和王觀復洪駒父謁陳無己長句 建中靖國元年荆南作

陳君今古焉不學，清渭無心映涇濁。漢官舊儀重九鼎，集賢學士見一角。王侯文采似於菟，洪甥人間汗血駒。相將問道城南隅，無屋止借船官居〔一〕。有書萬卷繞四壁〔二〕，樵蘇不爨談至夕。主人自是文章伯，鄰里頗怪有此客。食貧各仕天一方〔三〕，佳人可思不可忘。河從天來砥柱立，愛莫助之涕淋浪。〔四〕

〔一〕止借船官：《内集詩注》作「正借船官」，四庫本作「止借官船」。

〔二〕繞：原校：「一作纔。」

〔三〕各仕：原校：「一作各在。」

〔四〕原注：「按蜀本《詩集》注云：王蕃，字觀復，沂公之裔。官閬中時，多以書尺至戎州，從公學問，至是自京師改官復入蜀，會公於荆州。時公病癰初愈，答觀復簡云：『二十餘日幾死者數矣，忽奉手誨，欣喜如從天上落地也。』陳無己元符三年冬爲祕書省正字，故詩有『集賢學士見一角』之語。」

19 王充道送水仙花五十枝欣然會心爲之作詠

淩波仙子生塵襪，水上輕盈步微月。是誰招此斷腸魂，種作寒花寄愁絶。含香體素欲傾城，山礬是弟梅是兄。坐對真成被花惱，出門一笑大江橫。

20 鄂州南樓寄方公悦〔一〕 并序 崇寧二年鄂州作

庭堅以去歲九月至鄂，登南樓，歎其制作之美，成長句，久欲寄遠，因循至今，書呈公悦。

江東湖北行畫圖，鄂州南樓天下無。高明廣深勢抱合，表裏江山來畫閣〔二〕。雪筵披襟夏簟寒，胸吞雲夢何足言。庾公風流冷似鐵，誰其繼之方公悦。

〔一〕叢刊本、《内集詩注》無此題，以序爲題。又叢刊本題下注：「澤。」

〔二〕閣：原校：「一作闔。」

21 題蓮華寺 崇寧元年荆南作

狂卒猝起金坑西，脅從數百馬百蹄。所過州縣不敢誰，肩輿虜載三十妻。伍生有膽無智略〔一〕，謂河可馮虎可搏。身膏白刃浮屠前，此鄉父老至今憐。

〔一〕伍：叢刊本作「仵」。

22 送密老住五峰

我穿高安過萍鄉，七十二渡遶羊腸。水邊林下逢衲子，南北東西古道場。五峰秀出雲雨上，中有寶坊如側掌。去與青山作主人，不負法昌老禪將。栽松種竹是家風，莫嫌斗絶無來往。但得螺師吞大象，從來美酒無深巷。〔一〕

〔一〕原注：「按蜀本《詩集》注云：公爲密公作草書跋尾云：『元年三月壬午，旅寓宜春之開元，飯崇勝密公之堂。』即此僧也。壬午，蓋二十七日。宜春屬袁州。又别本『羊腸』句下有二句云『去時擷茗春風香，歸來秧稻夏日長』。」

23 武昌松風閣

依山築閣見平川，夜闌箕斗插屋椽，我來名之意適然。老松魁梧數百年，斧斤所赦今參天。風鳴媧皇五十絃，洗耳不須菩薩泉。嘉二三子甚好賢，力貧買酒醉此筵。夜雨鳴廊到曉懸〔一〕，相看不歸卧僧氈。泉枯石燥復潺湲，山川光輝爲我妍。野僧早飢不能饘，曉見寒谿有炊煙〔二〕。東坡道人已沈泉，張侯何時到眼前。釣臺驚濤聒晝眠，怡亭看篆蛟龍纏。安得此身脱拘攣，舟載諸友長周旋。〔三〕

〔一〕到曉懸：《詩淵》作「到我膽」。《詩淵》以下諸句與下一首《次韻文潛》詩全同，當係《詩淵》誤抄。

〔二〕有：《内集詩注》作「款」。

〔三〕原注：「按當注載蜀本《詩集》注云：『按《國史》，崇寧元年七月庚戌，主管亳州明道宫張（來）〔耒〕責授房州别駕、黄州安置。』而公元年九月甲申繫舟繁口，時文潛猶未至也，東坡又久棄世，故詩内兩及之。」

24 次韻文潛〔一〕

武昌赤壁弔周郎，寒溪西山尋漫浪。忽聞天上故人來，呼船淩江不待餉。我瞻高明少吐氣，君亦歡喜失微恙。年來鬼祟覆三豪，詞林根柢頗摇蕩。天生大材竟何用，只與千古拜圖像〔二〕。張侯文章殊不病，歷險心膽元自壯。汀洲鴻雁未安集，風雲牖户當塞向。有人出手辦兹事，政可隱几窮諸妄。經行東坡眠食地，拂拭寶墨生楚愴〔三〕。水清石見君所知，此是吾家秘密藏。

〔一〕原注：「時文潛已到黄州，公自鄂往見之，因次其韻。」
〔二〕圖：叢刊本作「閣」，并校：「閣像，一作遺像。」
〔三〕寶墨：《詩淵》作「寶物」。

25　次韻元實病目　崇寧二年赴宜州作

道人常恨未灰心，儒士苦愛讀書眼。要須玄覽照鏡空〔一〕，莫作白魚鑽蠹簡。閲人朦朧似有味，看字昏澀尤宜懶。范侯年少百夫雄，言行一一無可柬。看君眸子當瞭然，乃稱胸次常坦坦。如何有物食明月，淚睫隕珠衣袖滿。金篦刮膜會有時，湯熨取快術誠短。君不見岳頂懶瓚一生禪〔二〕，鼻涕垂頤渠不管。

〔一〕鏡：叢刊本作「境」。
〔二〕頂：叢刊本、《内集詩注》作「頭」。

26　花光仲仁出秦蘇詩卷思兩國士不可復見開卷絶歎因花光爲我作梅數枝及畫煙外遠山追少游韻記卷末〔一〕　崇寧三年赴宜州經途作

夢蝶真人貌黄槁，籬落逢花須醉倒。雅聞花光能畫梅，更乞一枝洗煩惱。扶持愛梅説道理，自許牛頭參已早。長眠橘洲風雨寒，今日梅開向誰好。何況東坡成古丘，不復龍蛇看揮掃。我向湖南更嶺南，繫船來近花光老。歎息斯人不可見，喜我未學霜前草。寫盡南枝與北枝，更作千峰倚晴昊。

〔一〕原注：「花光寺，在衡州。」

27 書磨崖碑後

春風吹船著浯溪〔一〕，扶藜上讀中興碑。平生半世看墨本，摩挲石刻鬢成絲。明皇不作苞桑計，顛倒四海由祿兒。九廟不守乘輿西，萬官已作烏擇栖。撫軍監國太子事，何乃趣取大物爲。事有至難天幸爾，上皇跼蹐還京師。内間張后色可否，外間李父頤指揮。南内淒涼幾苟活，高將軍去事尤危。臣結春陵二三策〔二〕，臣甫杜鵑再拜詩。安知忠臣痛至骨，世上但賞瓊琚詞〔三〕。同來野僧六七輩〔四〕，亦有文士相追隨。斷崖蒼蘚對立久，凍雨爲洗前朝悲。〔五〕

〔一〕著：原注：「音斫。」
〔二〕春陵：叢刊本作「春秋」。《内集詩注》：「春陵或作春秋，非是。」
〔三〕《内集詩注》校：「舊作『豈知忠臣心憤切，後世但賞瓊琚詞』。」

〔四〕野僧：《内集詩注》校：「舊作殘僧。」

〔五〕原注：「按畨注載：公有真蹟石刻，題云：『崇寧三年己卯，風雨中來泊浯溪，進士陶豫、李格、僧伯新、道遵同至《中興頌》崖下。明日，居士蔣大年、石君豫，大醫成權及其姪逸，僧守能、志觀、德清、義明、崇廣俱來。又明日，蕭褒及其弟袞來。三日徘徊崖次，請予賦詩。老矣，豈復能文，强作數語。惜秦少游下世，不得此妙墨劖之崖石耳。』又畨按：『王仲年《揮麈後録》云：崇寧三年，太史赴宜州貶所。是時外舅曾空青坐鉤黨，先徙是郡。太史留連踰月，極其歡洽，相予酬倡，如江檝書事之類。帥游浯溪，觀《中興碑》，太史賦詩，書姓名於左。外祖急止之曰：「公詩文一出，即日傳播，某方爲流人，豈可出郊？公又遂徙，蔡元長當軸，豈可不過爲之防耶？」太史從之。詩中言亦有文士相追隨，蓋爲外祖而設。空青即公卷，名紆。』」

28　太平寺慈氏閣〔一〕

青玻瓈盆插千岑，湘江水清無古今。何處拭目窮表裏，太平飛閣暫登臨。朝陽不聞皂蓋下，愚溪但有古木陰〔二〕。誰與洗滌懷古恨，坐有佳客非孤斟。

〔一〕《内集詩注》引山谷自注：「晚與曾公衮同登。」

〔二〕有：《内集詩注》作「見」。

29 題淡山巖二首

去城二十五里近，天與隔盡俗子塵。春蛙秋蠅不到耳〔一〕，夏涼冬暖總宜人。巖中清磬僧定起，洞口緑樹仙家春。惜哉次山世未顯，不得雄文鑱翠珉。

其二

淡山淡姓人安在，徵君避秦亦不歸。石門竹徑幾時有〔二〕，瓊臺瑶室至今疑。回中明潔坐十客〔三〕，亦可呼樂醉舞衣。閬州城南果何似，永州淡巖天下稀。

〔一〕春：《内集詩注》作「一」。
〔二〕幾時：四庫本作「何時」。
〔三〕回：叢刊本校：「一作凹。」

30 明遠菴

遠公引得陶潛住，美酒沽來飲無數。我醉欲眠卿且去，只有空瓶同此趣。誰知明遠似遠公，亦欲我行菴上路。多方挈取甕頭春，大白梨花十分注。與君深入逍遥游，了無一物當情素。道卿道卿歸去來，明遠主人今進步。〔一〕

〔一〕《内集詩注》引山谷自注：「道卿，涪溪僧。」

31 戲答歐陽誠發奉議謝予送茶歌

歐陽子，出陽山。山奇水怪有異氣，生此突兀熊豹顔。飲如江入洞庭野，詩成十手不供寫。老來抱璞向涪翁，東坡原是知音者。蒼龍璧，官焙香。涪翁投贈非世味，自許詩情合得嘗。卻思翰林來餽光禄酒，兩家冰鑑共寒光〔一〕。予乃安敢比東坡，有如玉盤金叵羅，直相千萬不啻過〔二〕。愛公好詩又能多，老夫何有更横戈，奈此于思百戰何〔三〕。

〔一〕冰：叢刊本、《内集詩注》作「水」。

〔二〕不：四庫本作「奚」。

〔三〕于思：原作「千思」，據叢刊本、《内集詩注》改。

32 和范信中寓居崇寧遇雨二首〔一〕崇寧四年宜州作

范侯來尋八桂路，走避俗人如脱兔。衣囊夜雨寄禪家，行潦升階漂兩屨。遣悶悶不離眼前，避愁愁已知人處。慶公憂民苗未立，旻公憂木水推去。兩禪有意開壽域，歲晚築室當百堵。它時無屋可藏身，且作五里公超霧。

其二

當年游俠成都路，黃犬蒼鷹伐狐兔。二十始肯爲儒生，行尋丈人奉巾屨。千江渺然萬山阻，抱衣一囊遍處處。或持劍掛宰上回，亦有酒罷壺中去。昨來禪榻寄曲肱〔三〕，上雨傍風破環堵。何時鯤化北溟波，好在豹隱南山霧。

〔二〕原注：「信(仲)〔中〕，名寥。」

〔三〕昨來：四庫本作「昨夜」。

宋黄文節公全集·正集卷第六

詩

五言律

1 次韻楊明叔四首〔一〕并序　紹聖三年黔州作〔二〕

楊明叔惠詩，格律、詞意皆薰沐，去其舊習，予爲之喜而不寐。文章者道之器也，言者行之枝葉也，故次韻作四詩報之。耕禮義之田而深其耒。明叔言行有法，當官又敏於事而恤民，故予期之以遠者大者。

魚去游濠上，鵙來止坐隅。吉凶終我在〔三〕，憂樂與生俱。決定不是物，方名大丈夫。今觀由也果，老子欲乘桴。

其二

道常無一物，學要反三隅。喜與嗔同本，嗔時喜自俱。心隨物作宰，人謂我非夫。利用兼精義，還成到岸桴。

其三

全德備萬物，大方無四隅。身隨腐草化，名與太山俱。道學歸吾子，言詩起老夫。無爲蹈東海，留作濟川桴。

其四

匹士能光國，三孱不滿隅。竊觀今日事〔四〕，君與古人俱。氣類鶯求友，精誠石望夫。雷門震驚手，待汝一援桴〔五〕。

〔一〕叢刊本無此題，以序爲題。

〔二〕原注：「明叔，名皓，眉之丹陵人，官於黔中。」

〔三〕終我在：原校：「一作惟在我。」叢刊本作「唯我在」。

〔四〕今日事：《内集詩注》：「黄氏本作『今者事』，此云今日，當是晚年所改。」

〔五〕《内集詩注》：「黄氏本山谷自注曰：『《禮運》云：蕢桴而土鼓。』」又光緒本原注：「按蜀本，石刻真蹟止寫前兩篇，題作《故次韻作二頌以爲報》，三篇、四篇卻別題云《蔫辱明叔佳句又作一頌奉報》。老人作頌，不復似詩，如蜂採花，但取其味可也。」

2 再次韻〔一〕并序

庭堅老懶衰墮，多年不作詩，已忘其體律。因明叔有意於斯文，試舉一綱而張萬目。蓋以俗爲雅，以故爲新，百戰百勝，如孫、吴之兵，棘端可以破鏃，如甘蠅、飛衛之射，此詩人之奇也，明叔當自得之。公眉人，鄉先生之妙語震耀一世，我昔從公得之爲多，故今以此事相付。

窮奇投有北，鴻鵠止丘隅。我已魑魅禦，君方燕雀俱。道應無芥蔕〔二〕，學要盡工夫。莫斬猿狙杙，明堂待楝桴〔三〕。

〔一〕叢刊本無此題，以序爲題。

〔二〕芥蔕：《内集詩注》作「蔕芥」。

〔三〕《内集詩注》注：「黄氏本山谷自注曰：『《靈光殿賦》曰：荷楝桴而高驤。』按山谷以《西都》爲《靈光》，誤。」又光緒本原注：「按蜀本，石刻真蹟添前篇第四首，卻題云《再和二頌并序》。頌二首，見頌部。」

3 送舅氏野夫之宣城二首〔一〕元祐二年祕書省作

籍甚宣城郡，風流數貢毛。霜林收鴨腳，春網薦琴高。共理須良守，今年輟省曹。平生割雞手，聊試發硎刀。

其二

試説宣城郡〔一〕，停盃且細聽。晚樓明宛水，春騎簇昭亭。耙稏豐圩户〔二〕，桁楊卧訟庭。謝公歌舞處，時對换鵝經。

〔一〕原注：「《實録》：元豐八年十二月，屯田郎中李莘知宣州。莘，字野夫，亦公母舅。」
〔二〕郡：叢刊本作「樂」。
〔三〕耙：《内集詩注》作「罷」。

4 謝王炳之惠石香鼎〔一〕

薰鑪宜小寢，鼎製琢晴嵐。香潤雲生礎，煙明虹貫巖。法從空處起，人向鼻頭參〔二〕。一炷聽秋雨，何時許對談。

〔一〕原注：「炳之，名伯虎。」
〔二〕鼻頭：叢刊本作「鼻端」。

5 次韻崔伯易席上所賦因以贈行二首〔一〕

迎新與送故，渠已不勝勤〔二〕。民賣腰間劍，公寬柱後文。諸郎投賜沐，高會惜臨分〔三〕。去國雖千里，分憂即近君〔四〕。

其二

老惜交情別，追隨車馬勤。臨朝思共理，治郡復斯文。訟息當休吏〔五〕，民貧更勸分。西湖十頃月，自比漢封君。

〔一〕《内集詩注》校：「别本云《次韻潁守崔伯易席上贈别諸同舍》。」光緒本原注：「《實録》：元祐二年十月，將作少監崔公度知潁州。又本傳：公度字伯易，高郵軍人。」

〔二〕《内集詩注》校：「别本云：傾城迎五馬，財力已三勤。」

〔三〕《内集詩注》校：「别本云：同僚欣賜沐，張飲惜臨分。」

〔四〕《内集詩注》校：「别本云：看即追嚴助，還疑借寇君。」

〔五〕當：原校：「一作常。」《内集詩注》作「常」。

6　和答錢穆父詠猩猩毛筆〔一〕元祐元年祕書省作

愛酒醉魂在，能言機事疏。平生幾兩屐，身後五車書。物色看王會，勳勞在石渠。拔毛能濟世，端爲謝楊朱。

〔一〕原注：「穆父，名勰。」

7　次韻秦少章晁適道贈答詩

二子論文地，陰風雪塞廬。寧穿東郭履，不奉子公書〔一〕。士固難推挽，時聞有詔除。負暄真得計，獻御恐成疏。〔二〕

〔一〕不奉：《内集詩注》作「不遺」。

〔二〕原注：「按此詩公元祐三年冬作，蓋明年冬少章則從東坡在杭州矣。」

8　陳留市隱并序　元祐二年祕書省作

陳留江端禮季共曰：陳留市上有刀鑷工，年四十餘，無室家子姓，惟一女，年七歲矣。日以刀鑷所得錢與女子醉飽，醉則簪花吹長笛，肩女而歸。無一朝之憂，而有終身之樂，疑爲有道者也。陳無己爲賦詩，庭堅亦擬作〔一〕。

市井懷珠玉，往來終未逢〔二〕。乘肩嬌小女，邂逅此生同。養性霜刀在，閲人清鏡空。時時能舉酒，彈鑷送飛鴻。

〔一〕按此序，叢刊本文字大異，作：「陳留市中有刀鑷工，與小女居。得錢，父子飲于市，醉則負其子行歌，不通名姓。江端禮傳其事，以爲隱者。吾友陳無己爲賦詩，庭堅亦擬作。」

〔二〕往來終：原校：「一作斯人初。」《内集詩注》作「往來人」，并校：「往來，一本作賈胡。」

9 嘲小德 元祐三年祕書省作

中年舉兒子，漫種老生涯。學語囀春鳥，塗窗行暮鴉。欲嗔王母惜，稍慧女兄誇。解著《潛夫論》，不妨無外家。〔一〕

〔一〕原注：「一本中二聯作『學語春蟲聒，書窗秋雁斜。待渠能小艇，伴我釣煙沙。』」

10 萬州下巖〔一〕并序 建中靖國元年戎州作

萬州之下巖，唐末有劉道者，定州無極人。聞道于雲居膺禪師，爲開巖第一祖，法號道微。自鑿石龕，曰：「死便藏龕中，不用日時。」門人奉其命。二百年來，遊者題詩不可勝讀，莫能起此開巖者。故予作二篇表見之，其一用楊子安韻，其一用王定國韻〔三〕。

寺古松枏老，巖虚塔廟開。僧緣蠶麥去，官數荔支來。石室無心骨，金鋪稱意苔。若爲劉道者，拽得鼻頭迴。

〔一〕叢刊本無此題，以序爲題。

〔三〕原注：「用楊子安韻入七絶。」按原詩本二首，其第一首爲七絶，叢刊本按詩體分出，光緒本亦同，别見本書《正集》卷九。

11 戲題巫山縣用杜子美韻

巴俗深留客，吴儂但憶歸。直知難共語，不是故相違。東縣聞銅臭，江陵换袷衣〔一〕。丁寧巫峽雨，慎莫暗朝暉。

〔一〕袷：《内集詩注》作「袷」。

12 次韻答高子勉十首〔一〕　崇寧元年荆南作

雪盡虚簷滴，春從細草迴。德人泉下夢，俗物眼中埃。久立我有待，長吟君不來。重玄鎖關鑰〔二〕，要待玉匙開〔三〕。

其二

掃雪我三日，御風君過旬。言詩今有數，下筆不無神。行布佺期近，飛揚子建親。可憐金石友，去不待斯人。

其三

峴南羈旅井，灞上獵歸亭。日繞分魚市，風回落雁汀。筆由詩客把，笛爲故人聽。但恐蘇耽鶴，歸時或姓丁。

其四

君不居郎省〔三〕，還應上諫坡。才高殊未識，歲晚喜無它。櫪馬羸難出，鄰雞凍不歌。寒鑪餘幾火，灰裏撥陰何。

其五

荆渚樓中賦，南陽壠底吟。誰言小隱處，頻屈故人臨。經笥難窺底，詞源幸汲深。思君眠竹屋，雪月冰寒衾。

其六

驚人得佳句，或以傲王公。處世要清節，滑稽安足雄。深沈似康樂，簡遠到安豐。一點無俗氣，相期林下同。

其七

志士難推轂，將如高子何。心期誠不淺，餘論或相多。欲向滄洲去，還能小艇麽。鸕鶿西照處，相並曬漁蓑。

其八

鑿開混沌竅，窺見伏羲心。有物先天地，含生盡陸沈。伐山成大厦，鼓橐鑄祥金。三尺無絃木，期君發至音。

其九

少年基一簣，長歲足三餘。忽作飛黄去，頓超同隊魚。尊前八采句，窗下十年書。定作牛腰束，傳抄聽小胥。

其十

沙上步微暖，思君賸欲招。簑蒿穿雪動，楊柳索春饒。枉駕時逢出，新詩若見撩〔四〕。

樽前遠湖樹，來飲莫辭遥。

〔一〕原注：「按高荷字子勉，江陵人。」

〔二〕鎻：原作「鎮」，據《内集詩注》卷一六改。

〔三〕待：叢刊本作「是」。

〔四〕不居：叢刊本作「不登」。

〔五〕若：叢刊本作「苦」。

13 次韻聞善〔一〕建中靖國元年發戎至荆作

扶醉三竿日，題詩一研埃。張羅門帶雪，投轄井生苔。待得成丘壠，誰能把酒杯。常應黄菊畔，悵望白衣來。

〔一〕原注：「聞善，字友聞，居荆南，公族伯父晦甫侍御之子。」

14 和文潛舟中所題 崇寧元年文潛已到黄州因和其韻〔一〕

雲横疑有路，天遠欲無門。信矣江山美，懷哉譴逐魂。長波空泧記，佳句洗眵昏。誰奈離愁得，村醪或可尊。

〔二〕《内集詩注》注：「舊本題云《乘武昌小舟過黄岡木門間觀張文潛次韻和李文舉詩是日冒大風刺舟對赤鼻磯而渡江亦次文舉韻》。」

15 陳榮緒惠示之字韻詩推獎過實非所敢當輒次高韻三首 崇寧二年鄂州作

紛紛不可耐，君子有憂之。鞅掌誠莊語，賢勞似怨詩。頹波閲砥柱，濁水得摩尼〔一〕。知我無枝葉，刳心只有皮。

其二

太丘胸量闊，一葦莫杭之。萬事不掛眼，四愁猶有詩。狀閑聊闒茸，心潔似毗尼〔二〕。早晚同舟去，煙波學子皮。

其三

十家有忠信，江夏可無之。政苦寄賣友，忽聞衡説詩。飢蒙青粄飯，寒贈紫陀尼〔三〕。酬報務難巧〔四〕，深慚陸與皮〔五〕。

〔一〕《内集詩注》引山谷自注：「杜子美云：唯有摩尼珠，可照濁水源。」

〔二〕《内集詩注》引山谷自注：「僧律也。」

〔三〕《内集詩注》引山谷自注:「蕃褐。」
〔四〕務:叢刊本、《内集詩注》作「矜」。
〔五〕《内集詩注》引山谷自注:「再和之字,非以作難,得巧爲工,亦欲見詩之無窮耳。」

16 德孺五丈和之字詩韻難而愈工輒復和成可發一笑〔一〕崇寧二年赴宜州作

且然聊爾耳,得也自知之。獨笑真成夢,狂歌或似詩。照灘禽郭索,燒野得伊尼〔二〕。早晚來同醉,僧窗卧虎皮。

〔一〕原注:「《實録》:崇寧元年十月,管勾南(宫)〔京〕鴻慶宫范純粹鄂州居住。二年又謫常州别駕,鄂州安置。」
〔二〕《内集詩注》引山谷自注:「鹿名,出佛書。」

17 次韻德孺五丈新居病起〔一〕

潭潭經略府,寂寂閉門居。京洛聖賢宅,江湖魚鼈潴。宦如一夢覺,話勝十年書。稍喜過從近,扶筇不駕車。

〔一〕《内集詩注》無「五丈」二字。下篇題同。

18 次韻德孺五丈感興二首

於此吾忘我，從誰尺直尋。事來千萬種，人有兩三心。自守藩籬小，猶能井臼任。過時雖不采，吾與菊花斟。

其二

眼前常廢忘，事往更追尋。愛酒陶元亮，著書王仲任。寒蒲雖有節，枯木已無心。客至還須飲，逢歡起自斟。

19 題默軒和遵老

平生三業浄，在俗亦超然。佛事一盂飯，横眠不學禪。松風佳客共，茶夢小僧圓。漫續山家頌，非詩莫浪傳。

20 十二月十九日夜中發鄂渚曉泊漢陽親舊攜酒追送聊爲短句

接淅報官府，敢違王事程。宵征江夏縣，睡起漢陽城。鄰里煩追送，杯盤瀉濁清。祇應瘴鄉老，難答故人情。

21 次韻陳榮緒同倚鐘樓晚望别後明日見寄之作

天外僧伽塔，斜暉極照臨。凭欄隨處好，殘雪向來深。青草無風浪，枯松半死心〔一〕。衡陽有回雁，它日更傳音。〔二〕

〔一〕《内集詩注》引山谷自注：「所謂城南老樹精。」

〔二〕原注：「按當注，詩中有『青草枯松』之句，皆岳州事，蓋榮緒送公至鄂尚未過湖也。」

22 贈惠洪 崇寧三年宜州作

數面欣羊胛，論詩喜雉膏。眼横湘水暮，雲獻楚天高〔一〕。隨我玉麈尾，乞君宫錦袍。月清放舟舫，萬里渺雲濤。〔二〕

〔一〕楚天：四庫本作「楚山」。

〔二〕原注：「公此詩二首，其一載《外集》，曾伯端謂非公所作，玉父亦常疑之，後復收入。又考方回《律髓》跋此詩曰：山谷謫宜州，洪覺範在長沙岳麓寺，曾見山谷，於是僞作山谷七言贈詩，所謂『氣爽絶類徐師川』者，予於《名僧詩話》已詳辨其事，此詩亦恐非山谷作。山谷乙酉年卒於宜州，覺範始年三十五歲，撰此詩以惑衆，而山谷甥洪氏誤信爲然，故收之云。五六雖壯麗，恐非山谷語意。」

23 神宗皇帝挽詞三首〔一〕

文思昭日月，神武用雷霆。制作深垂統，憂勤減夢齡。孫謀開二聖，末命對三靈。今代誰班馬，能書汗簡青。

其二

鈞築收賢輔，天人與聖能。輝光唐《六典》，度越漢中興。百世神宗廟，千秋永裕陵。帝鄉無馬跡，空望白雲乘。

其三

昔在基皇極〔二〕，師臣論九疇。丘陵忽爲谷，天地不藏舟。河洛功無憾〔三〕，幽燕策未收。嗣皇朝萬國，任姒正興周。

〔一〕原注：「《實録》元豐八年三月戊戌神宗升遐作。」
〔二〕昔在基皇極：四庫本作「帝德全三極」。
〔三〕河洛：四庫本作「河朔」。

24 司馬文正公挽詞四首 元祐元年祕書省作

元祐開皇極，功歸用老成。惟深萬物表，不令四時行。日者傾三接，天乎奠兩楹。堂堂寧復有，埋玉慟佳城。

其二

國在多艱日，人如《大雅》詩。忠清俱没世，孝友是生知。加璧延諸老，櫜弓撫四夷。公身與宗社，同作太平基。

其三

獻納無虚日，居然迹已陳。清班區玉石，寶歷順星辰。更化思鳴䴗，遺書似獲麟。易名無異論，今代兩三人。

其四

毀譽蓋棺了，於今名實尊。哀榮有王命，終始酌民言〔一〕，蟬冕三公府，深衣獨樂園。平生兩無累〔二〕，憂國愛元元。

〔一〕酌：叢刊本作「著」。

〔三〕平生：《内集詩注》作「公心」。

25 范忠文公挽詞二首〔一〕元祐四年祕書省作

信道雖常爾，知人乃獨亨。書林身老大，諫紙字欹傾。鼇去三山動，人危五鼎烹。保全天子聖，几杖送餘生。

其二

公在昭陵日，文章近赤墀。空嗟伏生老，不待邇英帷。去國幾三虎，聞韶待一夔。誰言蓋棺了，新樂鎖蛛絲。

〔一〕范忠文公：《内集詩注》作「范蜀公」。原注：「蜀注：文公元祐二年閏十二月薨，葬以四年八月。」

26 韓獻肅公挽詞三首〔一〕元祐三年祕書省作

鬱鬱高陽里，生才世不孤。八龍歸月旦，三鳳繼天衢。梁壞吾安仰，人亡道固臞。空令湖海士，愁絶奠生芻。

其二

物産元希世，風流更折衝。決疑京兆尹，富國大司農。遠業終三事，仁聲達九宗。方祈酌周斗，何意輟秦舂。

其三

淚盡才難日，斯人遽隕傾。冰枝憂木稼，食昴恨長庚。名與具茨重，心如潁水清。堂堂萬夫表，直作閉佳城。

〔一〕原注：「韓絳，字子華，事神宗，再爲宰相，元祐三年三月薨，謚獻肅。東坡有韓康公挽詞。康公，即獻肅也。」

27 王文恭公挽詞二首〔一〕元豐八年舟過楊泗作

先皇憑玉几，末命寄元勳。賓日行黄道，攀髯上白雲。四時成歲律，五色補天文。不謂堂堂去，今爲馬鬣墳。

其二

宥密深黄閤，光輝極上台。藏舟移夜壑，華屋落泉臺。雨紼誰爲挽，寒笳故作哀。傷心具瞻地，無復衮衣來。

〔一〕原注：「王珪，字禹玉，相神宗、哲宗。《實録》元豐八年五月庚戌薨，謚文恭。」

28　宗室公壽挽詞二首　元祐四年祕書省作

昔在熙寧日，葭莩接貴游。題詩奉先寺，横笛寶津樓。天網恢中夏，賓筵禁列侯。但聞劉子政，頭白更清修。〔一〕

其二

昧旦鳴珂路，春朝禁殿班。方看分寶玉，何意作丘山。燕入風榮舞，花開日笑顏。空餘杜陵淚，一爲漢中潸。

〔一〕原注：「按凿注載吕氏《童蒙訓》云：『天網恢中夏，賓筵禁列侯』改云『屬舉左官律，不通宗室侯』。」

29　黄潁州挽詞三首〔一〕

恭惟同自出，累世復通家〔二〕。惠沫霑枯涸，忠規補過差。胸中明玉石，仕路困風沙。

尚有平生酒，秋原灑菊花。

其二

臨民次公老，論事長輿通。袖有投虛刃，時無斲鼻工。風流前輩近，名實後人公。不謂三日別，今成萬事空。

其三

公與汝陽守，人間孝友稀。鶺鴒鳴夜雨，棠棣倚春暉。粉省雙飛入，泉臺相與歸。哀笳宛丘道，哀涕不勝揮。〔三〕

〔一〕原注：「潁州，名好謙，字幾道。其子即師是，爲河北漕。時公作學官，與之通譜。」

〔二〕累世：叢刊本作「數世」。

〔三〕原注：「按好謙居陳州，故有『哀笳宛丘道』之句。」

30 文安國挽詞二首〔一〕崇寧二年赴宜州作

七閩家舉子，百粵海還珠。往日推忠厚，窮年領轉輸。一牀遺杖屨，萬事委錙銖。豈有蒼茫恨，歸巢未拮据。

其二

平生翰墨學，空走使臣車。瞿令能倉史，歸公好古書。秦山刊日月，周鼓頌畋漁。不見龍蛇筆，新乾研滴蜍。

〔一〕《内集詩注》題下注：「文勛，字安國。」

31 樂壽縣君吕氏挽詞二首 元祐四年祕書省作

歸裝衣楚楚，家世印纍纍。來作箕帚婦，不忘蘋藻詩。居然成萬古，何翅謁三醫〔一〕。騎省還秋直，霜侵鬢腳衰。

其二

翦髻賓筵盛，齊眉婦禮閑。謂宜偕白髮〔二〕，忽去作青山。大夢驚蝴蝶，何時識佩環。哀歌行欲絶，丹旐雨班班。

〔一〕翅：《内集詩注》作「啻」。

〔二〕偕：《内集詩注》作「俱」。

32 乞鍾乳於曾公袞〔一〕崇寧四年絶筆

寄語曾公子，金丹幾時熟。願持鍾乳粉，實此磬懸腹。遥憐蟹眼湯，已化鵝管玉。刀圭勿妄傳，此物非碌碌。

〔一〕叢刊本題注：「紆。」

宋黃文節公全集·正集卷第七

詩

七言律

1 贈鄭交〔一〕元豐六年解官太和作

高居大士是龍象，草堂丈人非熊羆。不逢壞衲乞香飯，唯見白頭垂釣絲。鴛鴦終日愛水鏡，菡萏晚風彫舞衣。開徑老禪來煮茗，還尋密竹徑中歸。〔二〕

〔一〕鄭交：叢刊本作「鄭郊」。

〔二〕原注：「嵤注云：公有《荆州與興上人書此》詩，跋云：『癸亥歲予解官太和，過武寧，聞清上人嘗來延恩，因謁鄭子〔通〕問消息，題詩於子通之壁。』草堂，鄭交處士隱處也。予家所藏舊本如此。句内『老禪』謂延恩長老法安，安死于元豐八年，公爲之銘。」

2 和游景叔月報三捷〔一〕元祐二年祕書省作

漢家飛將用廟謀，復我匹夫匹婦讎。真成折箠禽胡月，不是黄榆牧馬秋。幄中已斷匈奴臂，軍前可飲月氏頭。願見呼韓朝渭上〔二〕，諸將不用萬户侯。

〔一〕原注：「《實録》，是年八月禽西蕃首領鬼章青宜結，檻送闕下。景叔，名師雄。」

〔二〕渭：原作「海」，據叢刊本、《内集詩注》改。

3 贈惠洪 崇寧三年自潭赴宜州作

吾年六十子方半，槁項頂螺忘歲年。韻勝不減秦少觀，氣爽絶類徐師川。不肯低頭拾卿相，又能落筆生雲煙。脱卻衲衫著蓑笠〔一〕，來佐涪翁刺釣船。

〔一〕衫：原校：「一作衣。」

4 夢中和觴字韻〔一〕并序

崇寧二年正月己丑，夢東坡先生於寒溪、西山之間。予誦寄元明觴字韻詩數篇，東坡笑曰：「公詩更進於曩時。」因和予一篇，語意清奇，予擊節賞歎。東坡亦自喜，於九曲嶺道中連誦數過，遂得之。

天教兄弟各異方，不使新年對舉觴。作雲作雨手翻覆，得馬失馬心清涼。何處胡椒八百斛，誰家金釵十二行。一丘一壑可曳尾，三沐三釁取刳腸。

〔一〕叢刊本無此題，以序爲題。又光緒本原有注云「紹聖三年黔州作」，與序不合，今删。紹聖二年山谷在黔州有《和答元明黔南贈别》詩，又崇寧元年有《新喻道中寄元明用觴字韻》（均見本書本卷），此又再用同韻。

5 王聖美三子補中廣文生〔一〕元祐三年祕書省作

王家人物從來遠，今見諸孫總好賢。三級定知魚尾進，一鳴已作雁行連。愧無藻鑑能推轂，願卷囊書當贈錢〔二〕。歸去雄誇向兒姪，舍中犢子賸狂顛。

〔一〕原注：「聖美，（字）〔名〕子韶。」

〔二〕贈錢：叢刊本作「贈鞭」。

6 次韻柳通叟寄王文通

故人昔有淩雲賦，何意陸沈黄綬間。頭白眼花行作吏，兒婚女嫁望還山。心猶未死杯中物〔一〕，春不能朱鏡裏顔。寄語諸公肯湔祓，割雞令得近鄉關〔二〕。

〔一〕死：叢刊本作「老」。

〔二〕令：《内集詩注》作「今」。

7 次韻王定國揚州見寄

清洛思君晝夜流，北歸何日片帆收。未生白髮猶堪酒，垂上青雲卻佐州。飛雪堆盤鱠魚腹，明珠論斗煮雞頭。平生行樂自不惡，豈有竹西歌吹愁。

8 寄黄幾復　元豐八年德平鎮作

我居北海君南海，寄雁傳書謝不能。桃李春風一杯酒，江湖夜雨十年鐙。持家但有四立壁，治病不蘄三折肱。想得讀書頭已白，隔溪猨哭瘴溪藤〔一〕。

〔一〕瘴溪：叢刊本作「瘴煙」。光緒本原注：「按當注載《成都續帖》，公草書此詩跋云：時幾復在廣平四會，予在德州德平鎮，皆海瀕也。」

9 次韻幾復和答所寄　元祐二年祕書省作

海南海北夢不到，會合乃非人力能。地褊未堪長袖舞，夜寒空對短檠鐙。相看鬢髮

時窺鏡，曾共詩書更曲肱。作個生涯終未是，故山松長到天藤。〔一〕

〔一〕原注：「按公此詩真蹟跋云：丁卯歲幾復至吏部改官，追和予德平所寄詩也。」

10 同子瞻和趙伯充團練

金玉堂中寂寞人，仙班時得共朝真。兩宮無事安磐石，萬國歸心有老臣。家釀可供開口笑，侍兒工作捧心顰。醉鄉乃是安身處，付與升平作幸民。

11 送顧子敦赴河東三首〔一〕元祐元年祕書省作

頭白書林二十年，印章今領晉山川。紫參可掘宜包貢，青鐵無多莫鑄錢。勸課農桑誠有道，折衝樽俎不臨邊。要知使者功多少，看取春郊處處田。

其二

家在江東不繫懷，愛民憂國有從來。月斜汾沁催驛馬，雪暗岢嵐傳酒杯。塞上金湯唯粟粒，胸中水鏡是人才。遥知更解青牛句，一寸功名心已灰。

其三

攬轡都城風露秋，行臺無妄護衣篝。虎頭墨妙能頻寄〔二〕，馬乳葡萄不待求。上黨地寒應强飲，兩河民病要分憂。猶聞昔在軍興日，一馬人間費十牛〔三〕。

〔一〕原注：「子敦，名臨。蜀注云：是年七月，祕書少監顧臨爲河東轉運使。」
〔二〕墨妙：《内集詩注》作「妙墨」。
〔三〕十牛：《詩淵》作「十秋」。

12 寄上叔父夷仲三首 元祐二年祕書省作

少年有功翰墨林，中歲作吏幾陸沈。庖丁解牛妙世故，監市履豨知民心。萬里歸來兒女瘦，十月山行冰雪深。夢魂和月繞秦隴，漢節落毛何處尋。

其二

艱難聞道有歸音，部曲霜行璧月沈。王春正月調玉燭，使星萬里朝天心。頗令山海藏國用，乃見縣官恤民深。經心隴蜀封疆守，必有人材備訪尋。

其三

關寒塞雪欲嗣音，燕雁拂天河鯉沈。百書不如一見面，幾日歸來兩慰心。弓刀陌上

望行色，兒女鐙前語夜深。更懷父子東歸得，手種江頭柳十尋。〔一〕

〔一〕原注：「按當注載蜀本《詩集》注云：張方回家本前一篇題云《寄上叔父夷仲》，後二篇題云《叔父夷仲入奏》《近寄此詩用前韻》。今以公所作《叔父行狀》攷之，元祐元年二月差按察成都等路茶事，二年除直祕閣，權發遣都大茶馬。以職事入奏，十二月除右司。則前一篇寄蜀中，後二篇則叔父已出蜀矣。」

13 詠雪奉呈廣平公

連空春雪明如洗〔一〕，忽憶江清水見沙。夜聽疏疏還密密，曉看整整復斜斜。風回共作婆娑舞，天巧能開頃刻花。政使盡情寒至骨，不妨桃李用年華。〔二〕

〔一〕《內集詩注》校：「舊作春空晴碧來飛雪。」

〔二〕原注：「按當注載吴曾《漫録》云：歐陽季默嘗問東坡『山谷詩何處是好？』東坡不答，但極口稱重黄詩。季默云：『如夜聽疏疏還密密，曉看整整復斜斜，豈是佳耶？』東坡云：『正是佳處。』廣平公，即宋盈祖。」

14 次韻宋楙宗僦居甘泉坊雪後書懷〔一〕

漢家太史宋公孫，漫逐班行謁帝閽。燕頷封侯空有相，蛾眉傾國自難昏。家徒四壁書侵坐〔二〕，馬瘦三山葉擁門〔三〕。安得風帆隨雪水，江南石上對窪尊。

〔一〕楙：《内集詩注》作「懋」。下篇同。
〔二〕徒：原作「移」，據《内集詩注》改。
〔三〕原注：「馬瘦，一作馬聳。」

15　次韻宋楙宗三月十四日到西池都人盛觀翰林公出遨

金狨繫馬曉鶯邊，不比春江上水船。人語車聲喧法曲，花光樓影倒晴天。人間化鶴三千歲，海上看羊十九年。還作遨頭驚俗眼，風流文物屬蘇仙。〔一〕

〔一〕原注：「翰林公謂東坡，坡有《和宋肇遊西池》，即此韻。」

16　次韻張昌言給事喜雨〔一〕

三雨全清六合塵，詩翁喜雨句淩雲。垤漂戰蟻餘追北，柱擊乖龍有裂文。減去鮮肥憂玉食，偏宗河嶽起鑪薰。聖功惠我豐年食，未有涓埃可報君。

〔一〕原注：「昌言，名周。」

17 次韻奉酬劉景文河上見寄

省中岑寂坐雲窗，忽有歸鴻拂建章。珍重多情惟石友，琢磨佳句問潛郎。遥憐部曲風沙裏，不廢平生翰墨場。想見哦詩煮春茗，向人懷抱絶關防〔一〕。

〔一〕絶：叢刊本作「去」。

18 和答元明黔南贈別 紹聖二年黔州作

萬里相看忘逆旅，三聲清淚落離觴。朝雲往日攀天夢，夜雨何時對榻涼。急雪鶺鴒相並影〔一〕，驚風鴻雁不成行。歸舟天際常回首，從此頻書慰斷腸。〔二〕

〔一〕鶺鴒：叢刊本、《内集詩注》作「脊令」。

〔二〕原注：「按當注載公書萍鄉縣廳壁云：『元明送予安置於摩圍山之下，淹留數月，不忍别。士大夫共慰勉之，乃肯行。掩淚握手，爲萬里無相見之期。』詩中有『急雪鶺鴒』、『驚風鴻雁』等句，蓋冬時所作。然元明卻是六月十二離黔州，具公所與天民、知命書，此詩蓋追和耳。」

19 贈黔南賈使君 元符元年黔州作

緑髮將軍領百蠻，橫戈得句一開顏。少年圯下傳書客，老去崆峒問道山〔一〕。春入鶯花空自笑，秋成梨棗爲誰攀。何時定作風光主，待得征西鼓吹還。〔二〕

〔一〕原校：「崆峒，一作空同。」

〔二〕原注：「按畬注載别本注云：信臣家世有北園，在崆峒山下，氣象雄壯，花木密茂。信臣，賈使君字，蓋與曹伯達爲代者。」

20 次韻黃斌老晚游池亭二首 元符二年戎州作

路入東園無俗駕，忽逢佳士喜同遊。緑荷菡萏稍覺晚，黃菊拒霜殊未秋。客位正須懸榻下〔一〕，主人自愛小塘幽。老夫多病蠻江上，頗憶平生馬少游。

其二

岑寂東園可散愁，膠膠擾擾夢神遊。萬竿苦竹旌旗卷，一部鳴蛙鼓吹秋〔二〕。雨後月前天欲冷，身閑心遠地常幽。杜門謝客恐生謗，且作人間鵬鷃游。

〔二〕原注：「客位，一作客至。」

〔三〕秋：原作「休」，據叢刊本改，二首同韻。

21 次韻楊君全送酒長句〔一〕元符三年戎州作

扶衰卻老世無方，唯有君家酒未嘗。秋入園林花老眼，茗搜文字響枯腸。醡頭夜雨排簷滴，盃面春風繞鼻香。不待澄清遣分送，定知佳客對空觴。〔二〕

〔一〕《內集詩注》無「長句」二字。光緒本原注：「君全，名琳，青神人。」

〔二〕原注：「按嵒注載公有中〔崖〕〔巖〕題字云：『是年九月己巳，王元直攜酒，帥楊君全、景山，酌張子謙、介卿、黄魯直於慈姥〔人〕〔之〕東堂。』此詩蓋是時所作，故有『秋入園林花老眼』之句。綵、花及酒，當是重陽所送。後七絕送春花，亦一時事，春花言其象春時之花耳，非指春而言也。景山名〔崖〕〔嵒〕，俱青神人。」

22 次韻少激甘露降太守居桃葉上〔一〕

金莖甘露薦齋房，潤及邊城草木香。蕡實葉間天與味，成蹊枝上月翻光。群心愛戴葵傾日，萬事驅除葉隕霜。玉燭時和君會否，舊臣重壘起南荒。〔二〕

〔二〕少激：叢刊本誤作「少微」，下二篇同。

〔三〕原注：「按詩語皆及徽考新政。」

23 次韻奉答文少激紀贈二首〔一〕

詩來清吹拂衣巾，句法詞鋒覺有神。今日相看青眼舊，他年肯作白頭新。文如霧豹容窺管，氣似靈犀可辟塵。慙愧相期在臺省，無心枯木豈能春。

其二

文章藻鑑隨時去，人物權衡逐勢低。揚子墨池春草徧，武侯祠廟曉鶯嘷。書帷寂寞知音少，幕府留連要路迷。顧我何人敢推輓，看君桃李合成蹊。

〔一〕《内集詩注》「少激」下有「推官」二字。光緒本原注：「少激名抗，臨邛人，時爲戎州幕官。」

24 次韻文少激推官祈雨有感〔一〕

窮儒憂樂與民同〔二〕，何況朱輪職勸農。終日虀鹽供一飯，幾時膚寸冒千峰。未須丘垤占鳴鸛，只要雷霆起卧龍〔三〕。從此滂陀徧枯槁，愛民天子似仁宗〔四〕。

〔一〕推官：叢刊本作「判官」。《内集詩注》無此二字，題下注云「少激名抗，臨邛人，時在戎州。諸本或作少微，誤。予嘗見其家藏此詩真本，有序云：『竊聞太守齋潔奉祠，當獲嘉應。』」

〔二〕民：《内集詩注》校：「文氏真本民作人。」

〔三〕雷霆：《内集詩注》作「朝廷」。

〔四〕《内集詩注》校：「文氏真本上句作『從此滂沱三十六』，後改此字。」光緒本原注：「按當注載蜀本《詩集》注云：此詩真本云：『伏承少激惠示《夏日祈雨有感》之詩。』末句云：『愛民天子似仁宗。』時徽宗初即位也。」

25 次韻馬荆州〔一〕建中靖國元年發戎至荆州作

六年絶域夢刀頭，判得南還萬事休。誰謂石渠劉校尉，來依絳帳馬荆州。霜髭雪鬢共看鏡，茱糝菊英同送秋。它日江梅臘前破，還從天際望歸舟。

〔一〕《内集詩注》：「馬〔城〕〔瑊〕，字中玉。」

26 贈李輔聖

交蓋相逢水急流，八年今復會荆州。已回青眼追鴻翼，肯使黄塵没馬頭。舊管新收

幾妝鏡〔一〕，流行坎止一虚舟。相看絶歎女博士，筆研管絃成古丘。〔二〕

〔一〕妝：原作「牀」，據叢刊本、《内集詩注》改。

〔二〕《内集詩注》引山谷自注：「女博士謂輔聖後房孔君也，於文藝無所不能，皆妙絶。」

27 和高仲本喜相見

雨昏南浦曾相對，雪滿荆州喜再逢。有子才如不羈馬，知公心是後彫松〔一〕。閑尋書册應多味，老傍人門似更慵。何日晴軒觀筆硯，一尊相屬要從容。

〔一〕知公：《内集詩注》作「知君」。

28 和中玉使君晚秋開天寧節道場〔一〕

江南江北盡雲沙，車騎東來風旆斜。倒影樓臺開紫府，得霜籬落牓黄花。釣溪築野收多士，航海梯山共一家。想見星壇祝堯壽，步虚聲裏静無譁。

〔一〕原注：「按嵤注，徽廟以十月十日誕降爲天寧節，開啓蓋九月十二日。」

29 自巴陵略平江臨湘入通城無日不雨至黄龍奉謁清禪師繼而晚晴邂逅禪客戴道純款語作長句呈道純 崇寧元年荆南作

山行十日雨霑衣，幕阜峰前對落暉。野水自添田水滿，晴鳩却唤雨鳩歸。靈源大士人天眼，雙塔老師諸佛機。白髮蒼顔重到此，問君還是昔人非。〔一〕

〔一〕原注：「李彤書《豫章集》後云：先生自巴陵取道通城，入黄龍山，爲清禪師徧閲《南昌集》，自有去取。即此時也。又按方回《律髓》云：靈源大士，即黄龍清禪師也。其師曰晦堂心禪師，飛心禪師藏骨之所曰雙塔，皆山谷平生禪友也。梅聖俞詩云：『高田水入低田流』，此云『野水自添田水滿』，尤妙。或問：劉夢得一詩用兩『高』字，東坡一詩用兩『耳』字，皆以義不同；今此用兩『雨』字，何也？老杜『江閣邀賓許馬迎』，又云『醉於馬上往來輕』，此亦有例。」

30 新喻道中寄元明用觴字韻 崇寧元年道經萍鄉作

中年畏病不舉酒，孤負東來數百觴。唤客煎茶山店遠，看人穫稻午風凉〔一〕。但知家裏俱無恙，不用書來細作行。一百八盤攜手上，至今猶夢遶羊腸。

〔一〕穫：《内集詩注》作「秧」。

31 追和東坡壺中九華〔一〕并序

湖口人李正臣蓄異石九峰，東坡先生名曰壺中九華，并爲作詩。後八年，自海外歸，過湖口〔二〕，石已爲好事者所取，乃和前篇以爲笑，實建中靖國元年四月十六日。明年，當崇寧之元，五月二十日，庭堅繫舟湖口，李正臣持此詩來。石既不可復見，東坡亦下世矣，感歎不足，因次前韻。

有人夜半持山去，頓覺浮嵐暖翠空。試問安排華屋處，何如零落亂雲中。能迴趙璧人安在，已入南柯夢不通。賴有霜鐘難席卷，袖椎來聽響玲瓏。〔三〕

〔一〕叢刊本無此題，以序爲題。

〔二〕《内集詩注》無「過」字。

〔三〕原注：「『霜鐘』應作『雙鐘』，乃湖口縣上、下二鐘山也。其山玲瓏多竅，風水相盪有聲。僧彌袖椎擊之，亦鏗然作鐘聲。間嘗一至其地，尋其勝概，見其嶙峋嵯峨，瑰異百狀，始信造物者之錘鑪幻人耳目如是，宜子瞻之力窮絶壁，領其噌吰鏜鞳，而知其不誣也。今閲公詩，實用其事，確是『雙鐘』無疑。若以『雙』爲『霜』，則竟是鐘矣，與詩語意何肖？凡此皆古本傳寫之誤，集中如此類亦不乏，姑爲辨其概云。」

32 追和東坡題李亮功歸來圖〔一〕

今人常恨古人少，今得見之誰謂無。欲學淵明歸作賦，先煩摩詰畫成圖。小池已築魚千里，隙地仍栽芋百區。朝市山林俱有累，不居京洛不江湖。

〔一〕「東坡」下叢刊本有「先生」二字。

33 次韻雨絲雲鶴二首 元符二年戎州作

煙雲杳靄合中稀，霧雨空濛密更微〔一〕。園客繭絲抽萬緒〔二〕，蛛螯網面罩群飛。風光錯綜天經緯，草木文章帝杼機。願染朝霞成五色，爲君王補坐朝衣。

其二

幾片雲如薛公鶴，精神態度不曾齊。安知隴鳥樊籠密，便覺南鵬羽翼低。風散又成千里去，夜寒應上九天栖。坐來改變如蒼狗，試欲揮毫意自迷。〔三〕

〔一〕《内集詩注》校：「舊作『隔雲朝日看餘輝，六合空濛密更微』。」

〔三〕絲：原校：「舊作盆。」亦據《内集詩注》。

〔三〕原注：「按畚注載蜀本《詩集》注云：此詩有序云：『代史夫人和石信道。』按信道名諒，時作瀘州江安令。史夫人蓋山谷外兄張祺子履之妻，張祉介卿之嫂，《緑菜贊》所謂『維女博士，史君炎玉』者也。此詩蓋是夫人與其子俱來乞子履墓銘時作。公有答蘇大通書曰：『頃見外兄張子履家嫂具道才德之美』；又曰：『史夫人博學能文。』」

34　次韻文安國紀夢〔一〕崇寧二年鄂州作

道人偶許俗人知，法喜非妻解養兒。夜久金莖添沆瀣，室虚璧月映琉璃〔二〕。遠來醉俠匆匆去，近出詩仙句句奇。獨怪區區踐繩墨，相逢未省角巾攲。

〔一〕《内集詩注》卷一八注：「蘇子由《欒城後集》第一卷亦載此詩，但更其題云《贈姚道人》，當細考之。」

〔二〕璧：原作「壁」，據《内集詩注》卷一八改。

35　次韻德孺五丈惠貺秋字之句〔一〕

少日才華接貴游，老來忠義氣横秋。未應白髮如霜草，不見丹砂似箭頭。顧我今成喪家狗，期君早作濟川舟。漢家宗社英靈在〔二〕，定是寒儒浪自愁。

〔二〕五丈：《内集詩注》無此二字。

〔三〕宗社：《内集詩注》作「宗廟」。

36 宜陽別元明用觴字韻 崇寧四年宜州作

霜須八十期同老，酌我仙人九醖觴〔一〕。明月灣頭松老大，永思堂下草荒涼。千林風雨鶯求友〔二〕，萬里雲天雁斷行。別夜不眠聽鼠齧，非關春茗攪枯腸。

〔一〕《内集詩注》載山谷自注云：「術者言吾兄弟皆壽八十。近得重醖法，甚妙。」

〔三〕千林：原作「千秋」，據叢刊本、《内集詩注》改。

37 廖致平送緑荔支爲戎州第一王公權荔支緑酒亦爲戎州第一 元符三年戎州作

王公權家荔支緑，廖致平家緑荔支。試傾一杯重碧色，快剥千顆輕紅肌。潑醅蒲萄未足數〔一〕，堆盤馬乳不同時。誰能同此勝絶味，唯有老杜東樓詩。〔二〕

〔一〕潑：叢刊本、《内集詩注》作「撥」。

〔三〕原注：「杜子美《宴戎州東樓》詩云：重碧酤春酒，輕紅擘荔枝。」

38 再次韻兼簡履中南玉三首

李侯詩律嚴且清，諸生賡載筆縱横。句中稍覺道戰勝，胸次不使俗塵生。山繞樓臺鐘鼓晚，江觸石磯碪杵鳴。鎖江主人能致酒，願渠久住莫終更。

其二

江津道人心源清，不繫虚舟盡日横。道機禪觀轉萬物，文采風流被諸生。與世浮沈惟酒可，隨時憂樂以詩鳴〔一〕。江頭一醉豈易得，事如浮雲多變更〔二〕。

其三

鎖江亭上一樽酒，山自白雲江自横。李侯短褐有長處，不與俗物同條生。經術貂蟬續狗尾，文章瓦釜作雷鳴。古來寒士但守節，夜夜抱關聽五更。

〔一〕隨時：《内集詩注》作「隨人」。

〔二〕多變更：原注：「一作喜變更。」

39 罷姑熟寄元明用觴字韻 崇寧元年作

追隨富貴勞牽尾〔一〕，準擬田園略濫觴。本與江鷗成保社，聊隨海燕度炎涼。未栽姑熟桃李徑，卻入江西鴻雁行。別後常同千里月，書來莫寄九回腸。

〔一〕勞：叢刊本作「縈」，并校云：「一作牢。」

40 題胡逸老致虚菴 崇寧元年荆南作

藏書萬卷可教子，遺金滿籯常作災。能與貧人共年穀，必有明月生蚌胎。山隨宴坐畫圖出〔一〕，水作夜窗風雨來。觀山觀水皆得妙〔二〕，更將何物污靈臺〔三〕。

〔一〕畫圖：《内集詩注》作「圖畫」。

〔二〕觀山觀水：《内集詩注》作「觀水觀山」。

〔三〕原校：「别本二結句作『莫將世事侵兩鬢，小菴觀静鎖靈臺』。」

41 送劉季展從軍雁門二首 元豐七年赴德平作

劉郎才力耐百戰，蒼鷹下韝秋未晚。千里荷戈防犬羊，十年讀書厭藜莧。試尋北産汗血駒，莫殺南飛寄書雁。人生有禄親白頭，可令一日無甘饌〔一〕。

其二

石趺谷中玉子瘦，金剛窟前藥草肥。仙家耕耘成白璧，道人煮掘起風痱。絳囊璀璨思盈斗，竹畚香甘要百圍。到官莫道無來使，日日北風鴻雁歸。

〔一〕可令：《内集詩注》作「可能」。

五言排律

42 東觀讀未見書〔一〕元祐三年祕書省作

漢規群玉府，東觀近宸居。詔許無雙士，來觀未見書。皇文開萬卷，家學陋三餘。竹帛森延閣，星辰遶直廬。諸生起孤賤〔二〕，天子自吹噓〔三〕。願以多聞力，論思補帝裾。〔四〕

〔一〕叢刊本題下注：「已下擬省題四首。」

〔二〕孤賤：叢刊作「微賤」。

〔三〕自：叢刊本作「賜」。

〔四〕原注：「按蜀本《詩集》注云：此詩并下三首皆效進士體以教兒姪。」

43 歲寒知松柏〔一〕

群陰彫品物，松柏尚桓桓。老去惟心在〔二〕，相依到歲寒〔三〕。霜嚴御史府，雨立大夫官。犧象溝中斷，徽絃爨下殘。光陰一鳥過，翦伐萬牛難〔四〕。春日輝桃李，蒼顔亦預觀。

〔一〕原注：「此題元有兩首，一登《外集》。」

〔二〕老去：叢刊本作「老至」。

〔三〕相依：叢刊本作「相將」。

〔四〕翦伐：叢刊本作「斬伐」，并校云：「斬，一作剪。」

44 被褐懷珠玉

國士懷珠玉，通津不易扛。櫝藏心有待，褐短義難降。寶唾歸青簡，晴虹貫夜窗。直言防按劍〔一〕，豈是故迷邦。彈雀輕千仞，連城買一雙。安知藍縷底，明月弄寒江。

〔一〕防：原作「方」，據叢刊本改。

45 見諸人唱和酴醾詩輒次韻戲詠〔一〕元祐二年祕書省作

梅殘紅藥遲，此物共春歸。名字因壺酒，風流付枕幃。墜鈿香徑草，飄雪浄垣衣。玉氣晴虹發，沈材鋸屑霏。直知多不厭，何忍摘令稀。嘗恨金沙學，齫時正可揮。

〔一〕《内集詩注》：《欒城集》中有《次韻孔文仲舍人酴醿》，即此韻。此後有《和曾子開扈從》詩，見《外集》。以欒城詩考之，蓋元祐三年四月一二日也。」

46 次韻廖明略陪吴明府白雲亭宴集〔一〕 崇寧二年鄂州作〔二〕

江浄明花竹，山空響管絃。風生學士麈，雲繞令君筵。百越餘生聚，三吴遠接連。庖霜刀落鱠〔三〕，執玉酒明船。葉縣飛來舄，壺公謫處天。酌多時暴謔〔四〕，舞短更成妍。唯我孤鐙覽，觀詩未究宣。空餘五字賞，文似兩京然〔五〕。醫是肱三折，官當歲九遷。老夫看鏡罷，衰白敢争先。

〔一〕陪：《内集詩注》作「同」。

〔二〕鄂州：原作「北京」。按此詩《内集詩注》原目編於崇寧二年，是歲山谷在鄂州，據改。

〔三〕庖霜刀落鱠：《内集詩注》校：「舊作鱠魴刀落雪。」

〔四〕多時：《内集詩注》作「時多」。

〔五〕原校：「文一作大。」

47 款塞來享〔一〕元祐三年祕書省作

前朝夏州守，來款塞門西。聖主敷文德〔二〕，降書付狄鞮。氈裘瞻日月，膂面帶金犀。殿陛閑干羽，邊亭息鼓鼙。永輸量谷馬，不作觸藩羝。聲勢常相倚，今聞定五溪。〔三〕

〔一〕《内集詩注》題下注：「元祐三年，夏人遣使謝封册，故以命題。」

〔二〕聖主敷文德：叢刊本作「聖上開皇極」。

〔三〕原注：「按畚注載《東坡雜記》云：元祐三年十二月二十八日，上御延和殿，奏范鎮新樂。時西夏方遣使款延州塞，故進士作《延和殿奏新樂賦》《款塞來享》詩云。」

宋黄文節公全集·正集卷第八

詩

五言絶句

1 頤軒詩六首〔一〕 并序 元祐四年祕書省作

高君素作頤軒，請予賦詩。予爲説其義曰：在《易》之《頤》：「觀頤，自求口實。」其傳曰：「觀頤，觀其所養也；自求口實，觀其自養也。」單豹巖棲谷飲，有孺子之色，而虎攻其外；張毅擊跽曲拳，養人間之譽，而疾攻其内。養虎者不以全物與之；牧羊者去其敗群，視其後者而鞭之；養鷹者饑之：是謂觀其所養，盡物之性也〔二〕。庖丁不以肯綮嬰其解牛之刀；痀僂丈人不以萬物易蜩之翼；匹夫之志不可奪於三軍之帥：是謂觀其自養〔三〕，盡己之性也。《詩》云：「如切如磋，如琢如磨。」求盡性而已。君素樂善能貧，將求學問日新之功，故作頤軒，以自養其正吉，乃以「觀頤自求口實」六字作詩，以勸戒之。

金石不隨波，松竹知歲寒。冥此芸芸境，迴向自心觀。

其二

知足是靈龜，無厭乃朵頤。虚心萬物表，寒暑自四時。

其三

無外一精明，六合同出自。公能知本原，佛亦不相似。

其四

辱莫辱多欲，樂莫樂無求。人生强學耳，萬古一東流。

其五

樞機要發遲，飲食戒味厚〔四〕。漁人溺於波，君子溺於口。

其六

涇流不濁渭，種桃無李實。養心去塵緣，光明生虚室。

〔二〕《内集詩注》：「張方回家本有此詩，序云：『元祐四年正月癸酉，黄某序。』」

〔三〕叢刊本無「盡物之性也」五字。

〔三〕叢刊本下有「觀其所養，盡物之性也，觀其自養」十三字。
〔四〕戒：右本作「減」。

2 賈天錫惠寶薰乞詩予以兵衛森畫戟燕寢凝清香十字作詩報之〔一〕元祐元年祕書省作

險心游萬仞，躁欲生五兵。隱几香一炷，靈臺湛空明。

其二

晝食鳥窺臺，宴坐日過砌。俗氛無因來，煙霏作輿衛。

其三

石蜜化螺甲，榠樝煮水沈。博山孤煙起，對此作森森。

其四

輪囷香事已，郁郁著書畫。誰能入吾室，脱汝世俗械。

其五

賈侯懷六韜，家有十二戟。天資喜文事，如我有香癖。

其六

林花飛片片，香歸銜泥燕。閉閤和春風，還尋蔚宗傳。

其七

公虚采蘋宫，行樂在小寢。香光當發聞，色敗不可稔。

其八

牀帷夜氣馥，衣桁晚煙凝。瓦溝鳴急雪，睡鴨照華鐙。

其九

雉尾映鞭聲，金鑪拂太清。班近聞香早，歸來學得成。

其十

衣篝麗紈綺，有待乃芬芳。當念真富貴，自薰知見香。〔二〕

〔一〕叢刊本此下尚有「久失此稿偶於門下後省故紙中得之」十五字，蓋山谷自注。

〔二〕原注：「按蜀本《詩集》注云：公有此詩跋云：『余甚寶此香，未嘗與人。城西張仲謀爲我作寒計，惠騏驥馬，通薪二百，因以香二十餅報之。』」

3 戲詠蠟梅二首〔一〕

金蓓鎖春寒，惱人香未展。雖無桃李顔〔二〕，風味極不淺。

其二

體薰山麝臍，色染薔薇露。披拂不滿襟〔三〕，時有暗香度。〔四〕

〔一〕《内集詩注》：「山谷書此詩後云：『京洛間有一種花，香氣似梅花，亦五出，而不能晶明，類女功撚蠟所成，京洛人因謂蠟梅，木身與葉乃類蒴藋。竇高州家有灌叢，能香一園也。』」

〔二〕《内集詩注》校：「『桃李顔』本作『桃杏紅』，後改之。」

〔三〕不滿襟：《内集詩注》校：「一本作不盈懷。」

〔四〕原注：「按蜀本《詩集》注云：京師初不以蠟梅爲貴，因公二詩名始重。」

4 謫居黔南十首〔一〕紹聖四年黔州作

相望六千里，天地隔江山。十書九不到，何用一開顔。〔二〕

其二

霜降水反壑，風落木歸山。冉冉歲華晚，昆蟲皆閉關。〔三〕

其三

冷淡病心情，暄和好時節。故園音信斷，遠郡親賓絶。〔四〕

其四

山郭鐙火稀，峽天星漢少。年光東流水，生計南枝鳥〔五〕。

其五

冥懷齊遠近，委順隨南北。歸去誠可憐，天涯住亦得〔六〕。

其六

老色日上面，歡悰日去心。今既不如昔，後當不如今。〔七〕

其七

嘖嘖雀引雛，梢梢筍成竹。時物感人情，憶我故鄉曲。〔八〕

其八

苦雨初入梅，瘴雲稍含毒。泥秧水畦稻，灰種畬田粟。〔九〕

其九

輕紗一幅巾，小簟六尺牀。無客盡日静，有風終夜凉。〔一〇〕

其十

病人多夢醫，囚人多夢赦。如何春來夢，合眼在鄉社〔一一〕。

〔一〕叢刊本題作《謫居黔南五首》，即此之前五首，題下注云「摘樂天句」。《内集詩注》則爲十首，注云：「前五篇今《豫章集》有之，後五篇得之《修水集》。」

〔二〕《内集詩注》：「此《樂天集》第十卷中《寄行簡》詩，原作『相去六千里，地絶天邈然。十書九不達，何以開憂顔』。」

〔三〕《内集詩注》：「此十一卷中《歲晚》詩，後兩句原作『冉冉歲將晏，物皆復本源』。」

〔四〕《内集詩注》：「此十一卷中《花下對酒》詩。」

〔五〕計：原作「意」。叢刊本、《内集詩注》均作「計」，宋紹興刊本《白氏長慶集》亦作「計」，據改。又《内集詩注》云：「此十一卷中《西樓夜》詩。」

〔六〕冥懷：叢刊本作「冥性」。《内集詩注》：「此十一卷中《委順》詩。」

〔七〕《内集詩注》：「此十一卷中《東城尋春》詩，『歡悰』原作『歡情』。」

〔八〕《内集詩注》：「此第十卷中《孟夏思（清）〔渭〕村舊居》詩。」

〔九〕《内集詩注》：「與前篇同。」

〔一〇〕《内集詩注》：「此十一卷中《竹窗》詩。」

〔二〕《内集詩注》：「一本作秋來何所夢，合眼見鄉社。《樂天集》第十卷《寄行簡》詩原作『渴人多夢飲，飢人多夢餐。春來夢何處，合眼到東川。』」光緒本原注：「按甾注載蜀本《詩集》云：此詩有十首，元注『摘樂天句』。近世曾慥端伯作《詩選》，載潘邠老事云：『張文潛晚喜樂天詩，邠老聞其稱美，輒不樂。嘗誦山谷十絶句，以爲不可跂及。文潛一日召邠老飯，預設樂天詩一帙，置書室牀枕間。邠老少焉假榻，翻閲良久，纔悟山谷十絶詩盡用樂天大篇，裁爲絶句。蓋樂天長於敷衍，而山谷巧於剪裁。』端伯所載如此，必有依據，然敷衍、裁剪之説非是。蓋山谷謫居黔南時取樂天江州、忠州等詩偶有會於心者，摘其數語寫置齋間，或嘗爲人書，世因傳以爲山谷自作，然亦非有意於樂天較工拙也。詩中改易數字，可爲作詩之法。而楊氏增注云：後五篇當是謫宜州時作。《冷齋夜話》以『老色日上面』及『輕紗一幅巾』二篇爲謫宜州時，則三篇可見也。今以後五篇附。」

5 戲詠暖足缾二首 建中靖國元年發戎至荆作

小姬暖足卧，或能起心兵。千金買腳婆〔一〕，夜夜睡天明。

其二

腳婆元不食，纏裹一衲足。天明更傾瀉，頮面有餘燠。

〔二〕千金：叢刊本作「千錢」。

6 宿黄州觀音院鐘樓上 崇寧元年荆南作

鐘鳴山川曉，露下星斗濕。老夫梳白頭，潘何塤篪集。

7 勝業寺悦亭〔一〕 崇寧三年發潭赴宜州作

苦雨已解嚴，諸峰來獻狀。不見白頭禪，空倚紫藤杖。

〔一〕叢刊本題下注：「一作《阻雨福巖》。」光緒本原注：「《南行録》：勝業寺在南岳廟東，屬潭州衡山縣，有柳子厚般舟和尚第二碑。」

8 離福巖〔一〕

山下三日晴，山上三日雨。不見祝融峰，還泝瀟湘去。

〔一〕原注：「《南行録》：福巖寺在南岳，依巖架空爲之，蓋思公道場。有三生塔，亦屬衡山縣。」

9 和涼軒二首 崇寧二年自鄂赴宜州作

打荷看急雨，吞月任行雲。夜半蚊雷起，西風爲解紛。

其二

茗椀夢中覺，荷花鏡裏香。涼生只當處，暑退亦無方。

10 題花光畫 崇寧三年發潭赴宜州作

湖北山無地，湖南水徹天。雲沙真富貴，翰墨小神仙。〔一〕

〔一〕《内集詩注》録山谷自注云：「平沙遠水，筆意超凡，入聖法也。每率此意而爲之，當冠四海而名後世。」

六言絶句

11 題山谷石牛洞〔一〕 元豐三年自京歸江南作

司命無心播物，祖師有記傳衣。白雲横而不度，高鳥倦而猶飛。

〔一〕原注：「蜀注：山谷寺在皖山三祖山，屬舒州，有石牛洞等林泉之勝，公遊而樂之，因此號山谷道人。又公有真蹟石刻，題云《題山谷寺石橋下》。」

12 題灊峰閣〔一〕

徐老海棠巢上〔二〕，王翁主簿峰菴〔三〕。梅蘤破顔冰雪〔四〕，緑叢不見黄甘。

〔一〕原注：「閣在舒州提刑司，公擇時爲淮南提刑，蓋治所作。」
〔二〕《内集詩注》録山谷自注：「徐佺樂道，隱於藥肆中，家有海棠數株，結巢其上，時與客巢飲其間。」
〔三〕《内集詩注》録山谷自注：「王道人叅禪四方歸，結屋於主簿峰上，嘗有毛人至其間問道。」
〔四〕梅蘤：叢刊本作「梅蕊」。

13 次韻公擇舅

昨夢黄粱半熟，立談白璧一雙。驚鹿要須野草，鳴鷗本願秋江〔一〕。

〔一〕原校：「鳴一作盟。」

14 次韻王荆公題西太乙宫壁二首〔一〕 元祐元年祕書省作

風急啼烏未了，雨來戰蟻方酣。真是真非安在，人間北看成南。

其二

晚風池蓮香度，曉日宫槐影西〔二〕。白下長干夢到，青門紫曲塵迷。

〔一〕《内集詩注》：「《東坡集》亦有此詩，以《東坡集》考之，當在是年秋。」

〔二〕原校：「宫一作官。」

15 有懷半山老人再次韻二首

短世風驚雨過，成功夢迷酒酣。草《玄》不妨準《易》，論詩終近《周南》。

其二

啜羹不如放麑，樂羊終愧巴西。欲問老翁歸處，帝鄉無路雲迷。

16 有惠江南帳中香者戲贈二首〔一〕

百鍊香螺沈水，寶薰近出江南。一穟黄雲繞几，深禪想對同參。

其二

螺甲割崑崙耳，香材屑鷓鴣斑。欲雨鳴鳩日永，下帷睡鴨春閑。

〔一〕戲贈二首：《内集詩注》作「戲答六言二首」。

17 子瞻繼和復答二首

置酒未容虚左，論詩時要指南。迎笑天香滿袖，喜公新赴朝參〔一〕。

其二

迎燕温風旎旎，潤花小雨班班。一炷煙中得意，九衢塵裏偷閑。

〔一〕赴：原校：「一作趁。」叢刊本作「趁」。

18 有聞帳中香以爲熬蝎者戲用前韻二首

海上有人逐臭，天生鼻孔司南。但印香嚴本寂，不必叢林徧參。

其二

我讀蔚宗香傳，文章不减二班。誤以甲爲淺俗，卻知麝要防閑。〔一〕

〔一〕原注：「按當注載蜀本《詩集》注云：右六詩答東坡，篇中有『喜公新赴朝參』之句，是時東坡自登州至京師爲禮部郎中，而『迎燕』、『潤花』皆春時事。又《國史》是歲正月蘇軾爲中書舍人。

公此詩墨蹟題云：『此二詩輒復戲用前韻，願勿以示人，恐不解事者或以爲其言有味也。黄庭堅書。』」

19 次韻韓川奉祠西太乙宫四首

萬靈未對甘泉，五福問祀迎年。旍旗三斿半偃，風馬雲車闖然。

其二

白髦下金神節，青祝攜御鑪香。百禮盡修亳祀，《九歌》不取沈湘。

其三

紫府侍臣鳴玉，霜臺御史生風。官燭論詩未了，知秋自屬梧桐。

其四

泰壇下瑞雲黄，雨師灑道塵香。便面猶承墜露，金鉦半吐東牆。

20 題鄭防畫夾五首 元祐二年祕書省作

惠崇煙雨歸雁，坐我瀟湘洞庭。欲唤扁舟歸去，故人言是丹青。

其二

能作山川遠勢，白頭唯有郭熙。欲寫李成驟雨，惜無六幅鵝溪。

其三

徐生脱水雙魚，吹沫相看晚圖。老矣箇中得計，作書遠寄江湖。

其四

折葦枯荷共晚，紅榴苦竹同時。睡鴨不知飄雪，寒雀四顧風枝。

其五

子母猨嗁槲葉〔一〕，山南山北危機。世故誰能樗里，彀中皆是由基。

〔一〕嗁：《内集詩注》作「號」。

21 題劉將軍鵝

箭羽不霑春水，籀文時印平沙。想見山陰書罷，舉群驅向王家。

22 寂住閣 紹聖元年居家待命作

莊周夢爲蝴蝶，蝴蝶不知莊周。當處出生隨意，急流水上不流。

23 深明閣

象踏恒河徹底，日行閻浮破冥。若問深明宗旨，風花時度窗櫺。〔一〕

〔一〕《内集詩注》：「右二篇，陳留浄土院作。元注云：『陳留宿一欑堂，因書爲寂住閣。』」

24 次韻石七三七首〔一〕 元符三年戎州作

從來不似一物，妄欲貫穿九流。骨硬非黄閣相〔二〕，眼青見白蘋洲。

其二

生涯一九節笻，老境五十六翁。不堪上補黼黻，但可歸教兒童。

其三

萬里草荒先壟，六年蟲蠹群經。老喜寬恩放去，心似驚波不停。

其四

爲君試講古學，此事可殘天公。君看花梢朝露，何如松上霜風。

其五

幽州已投斧柯，崇山更用憂何。且喜龔鄒冠豸〔三〕，又聞張董上坡〔四〕。

其六

看著莊周枯槁，化爲蝴蝶翾輕。人見穿花入柳，誰知有體無情。

其七

欲行水繞山圍，但聞鯤化鵬飛。女憂鬢髮盡白〔五〕，兄歎江船未歸。

〔一〕《内集詩注》「石七三」下有「六言」二字，又注云：「石七三當是石信道家兒。」

〔二〕骨硬：四庫本作「骨鯁」。

〔三〕且：叢刊本作「早」。又此句下注云：「(史)〔央〕、浩」。謂龔央、鄒浩。

〔四〕叢刊本注云「舜民、敦逸」。謂張舜民、董敦逸。

〔五〕鬢髮：叢刊本作「須髮」。

25 贈高子勉四首 崇寧元年荆南作

文章瑞世驚人，學行刳心潤身。沅江求九肋鼈，荆州見一角麟。

其二

張侯海内長句，晁子廟中雅歌〔一〕。高郎少加筆力，我知三傑同科。

其三

妙在和光同塵，事須鈎深入神。聽它下虎口著，我不爲牛後人。

其四

拾遺句中有眼，彭澤意在無絃。顧我今六十老，付公以二百年。

〔一〕《内集詩注》録山谷自注：「无咎樂府，于今第一。」

26 再用前韻贈子勉四首

胸中有度擇人，事上無心活身。只麼親情魚鳥〔一〕，儻然圖畫麒麟。

其二

行要争光日月，詩須皆可絃歌。著鞭莫落人後，百年風轉蓬科。

其三

句法俊逸清新，詞源廣大精神。建安才六七子，開元數兩三人。

其四

醉鄉閑處日月，鳥語花中管絃。有興勤來把酒，與君端欲忘年。

〔一〕親情：《内集詩注》作「情親」。

27 荆南簽判向和卿用予六言見惠次韻奉酬四首

仕宦初不因人，富貴方來逼身。要是出群拔萃，乃成威鳳祥麟。

其二

向侯賦我菁莪，何敢當不類歌。顧我乃山林士，看君取將相科。

其三

覆卻萬方無準，安排一字有神。更能識詩家病，方是我眼中人。

其四

覓句真成小技，知音定須絶絃。景公有馬千駟，伯夷垂名萬年。

28 蟻蝶圖

蝴蝶雙飛得意，偶然畢命網羅。群蟻争收墜翼，策勳歸去南柯。

29 謝人送粟鼠尾畫維摩二首〔一〕

貂尾珍材可筆，虎頭墨妙凝神〔二〕。頗知君塵外物，真是我眼中人。

其二

丹青貌金粟影〔三〕，毛物宜管城公。只今爲君落筆，他日聽我談空。

〔一〕謝人：《内集詩注》作「謝胡藏之」。叢刊本題下注：「謝胡藏之。」

〔二〕凝：原作「疑」，據叢刊本、《内集詩注》改。

〔三〕貌：原作「邈」，據叢刊本、《内集詩注》改。又此句，叢刊本校云：「一作畫圖見金粟佛。」

宋黄文節公全集·正集卷第九

詩

七言絶句

1 考試局與孫元忠博士竹間對窗夜聞元忠誦書聲調悲壯戲作竹枝歌三章和之〔一〕元祐三年祕書省作

南窗讀書聲吾伊，北窗見月歌竹枝。我家白髮問烏鵲，他家紅妝占蛛絲。

其二

屋山啼烏兒當歸，玉釵罥蛛郎馬嘶。去時鐙火正月半，階前雪消萱草齊。

其三

勃姑夫婦喜相唤，街頭雪泥即漸乾。已放游絲高百尺，不應桃李尚春寒。

〔一〕原注：「元忠，名朴。」

2 效王仲至少監詠姚花用其韻四首 元祐四年祕書省作

映日低風整復斜，緑玉眉心黄袖遮。大梁城裏雖罕見，心知不是牛家花。

其二

九疑山中萼緑華，黄雲承韈到羊家。真詮蟲蝕詩句斷，猶託餘情開此花。

其三

仙衣襞積駕黄鵠，草木無光一笑開。人間風日不可耐，故待成陰葉下來。

其四

湯沐冰肌照春色，海牛壓簾風不開〔一〕。直言紅塵無路入，猶傍蜂須蝶翅來。〔二〕

〔一〕壓：叢刊本作「押」。

〔二〕原注：「㽦注云：公有手書真蹟寫此前後二首，跋云：（略）（按見本書《黄文節公全集·補遺》卷八）今附録於此。」

3 戲答王定國題門兩絶句 元祐三年祕書省作

非復三五少年日，把酒償春頰生紅。白鷗入群頗相委，不謂驚起來賓鴻。

其二

頗知歌舞無竅鑿，我心塊然如帝江。花裏雄蜂雌蛺蝶，同時本自不作雙。

4 答許覺之惠桂花椰子茶盂二首〔一〕 崇寧三年桂州作

萬事相尋榮與衰，故人別來鬢成絲。欲知歲晚在何許，唯説山中有桂枝。

其二

碩果不食寒林梢，割而器之如懸匏〔二〕。故人相見各貧病，猶可烹茶當酒肴〔三〕。

〔一〕原注：「覺之，名彥先。」

〔二〕割：《内集詩注》作「剖」。

〔三〕猶：《内集詩注》作「且」。

5 戲答陳季常寄黄州山中連理松枝二首 元祐三年祕書省作

故人折松寄千里，想聽萬壑風泉音。誰言五鬣蒼煙面，猶作人間兒女心。

其二

老松連枝亦偶然，紅紫事退獨參天。金沙灘頭鏁子骨，不妨隨俗暫嬋娟。〔一〕

〔一〕原注：「按嵤注云：山谷有太平興國寺浴室院題，云：『故人陳季常，林下士也，寓棋簟於此，子瞻、范子〔初〕〔功〕數來從之。』季常，名慥。」

6 姨母李夫人墨竹二首 元豐三年過廬山作

深閨浄几試筆墨，白頭腕中百斛力。榮榮枯枯皆本色，懸之高堂風動壁。

其二

小竹扶疏大竹枯，筆端真有造化鑪。人間俗氣一點無，健婦果勝大丈夫〔一〕。

〔一〕原注：「嵤注畫竹在廬山楞伽寺壁。」

7 出禮部試院王才元惠梅花三種皆妙絶戲答三首〔一〕元祐三年禮部鎖院作

城南名士遣春來〔二〕，三月乃見臘前梅。定知鎖著江南客，故放緑梢春晚回〔三〕。

其二

舍人梅塢無關鎖，攜酒俗人來未曾。舊時愛菊陶彭澤，今作梅花樹下僧。

其三

病夫中歲屏杯杓，百葉緗梅觸撥人〔四〕。拂殺官黄春有思〔五〕，滿城桃李不能春。〔六〕

〔一〕原本無「出禮部試院」五字，據《内集詩注》補。又原注：「才元名棫。立之，才元之子，名直方。」

〔二〕名士：原校：「一作佳士。」

〔三〕緑梢：《内集詩注》作「緑陰」。

〔四〕觸撥：《内集詩注》校：「一本作料理。」

〔五〕殺：四庫本校：「一作掠。」又「春」，叢刊本作「香」。

〔六〕原注：「按畬注載公跋此詩云：『州南王才元舍人家，有百葉黄梅，絶妙。禮部鎖院，不復得見。開院之明日，才元遺送數枝。蓋是歲大雨雪，寒甚，故梅亦晚開耳。』又一跋云：『元祐初，鎖院禮部，阻春雪，還家已三月。王才元舍人送黄紅多葉梅數種，爲作三詩，付王家素素歌之。』今玉山汪氏有公三詩真蹟，如『城南名士』作『佳士』，『觸撥人』作『故腦人』。按《王立之詩話》：『觸撥』字初作『故腦』，其後改焉。」

8 欸乃歌二章戲王稚川〔一〕并序 元豐三年入京改官作

王稚川既得官都下〔二〕，有所盼未歸，予戲作林夫人《欸乃歌》二章與之。《竹枝歌》本出三巴，其流在湖湘耳，《欸乃》乃湖南歌也。

花上盈盈人不歸，棗下纂纂實已垂。臘雪在時聽馬嘶〔三〕，長安城中花片飛。〔四〕

其二

從師學道魚千里，蓋世成功黍一炊。日日倚門人不見〔五〕，看盡林烏反哺兒〔六〕。

〔一〕叢刊本無此題，以序爲題。《内集詩注》：「黄氏有山谷手寫舊本，題云：『予復代稚川之妻林夫人寄稚川，時稚川在都下，有所顧盼，留連未歸也。』」

〔二〕得：叢刊本校：「一作待。」

〔三〕聽馬嘶：《内集詩注》校：「張氏本作聽嘶馬。」

〔四〕《内集詩注》：「黄氏本前章曰：『花上盈盈人不歸，棗下纂纂實已垂。尋師訪道魚千里，蓋世功名黍一炊。』又云：『什邡張氏有山谷手書此詩，與今本正同，唯一二字稍異，『實已垂』作『實已稀』。又有跋云：『宋時有鬼女至人家，歌《花上盈盈曲》，聲悲怨不可聽。潘岳《閒居賦》中歌曰棗下纂纂。』云云。所援引小有牴牾，蓋隨所記憶，略舉大概耳。」

〔五〕日日：原作「日月」，據《内集詩注》改。

〔六〕《内集詩注》：「黄氏本後章曰：『卧冰泣竹慰母飢，天吴紫鳳補兒衣。臘雪在時聽嘶馬，長安城中花片飛。』四句蓋舊所作，後方改定，今附見于此，庶知前輩有日新之功也。」又云：「張氏本有山谷跋云：『魚千里，蓋同陶朱公養魚法，凡魚遠行則肥。池中養魚，慮其瘦，故于池中聚石作九島，魚繞之，日行千里。黍炊，即淳于棼夢富貴百年於蟻穴中，破夢起坐，舍中炊黄粱猶未熟也。』」

9 次韻子瞻子由題憩寂圖二首 元祐三年祕書省作

松舍風雨石骨瘦〔一〕，法窟寂寥僧定時。李侯有句不肯吐，淡墨寫出無聲詩。

其二

龍眠不似虎頭癡，筆妙天機可並時。蘇仙漱墨作蒼石，應解種花開此詩〔二〕。

〔一〕松舍：《内集詩注》作「松寒」。

〔二〕詩：原作「時」，據叢刊本卷五改。光緒本原注：「按蜀本注云：子由《題柳仲遠所藏李伯時畫胡僧憩寂圖》，舊有跋云：『元祐三年正月二十七日子由題。』東坡與山谷俱有和章，皆是試院後作。有石刻真蹟，蓋坡公醉筆也。」

10 劉晦叔許洮河緑石研〔一〕 元祐二年祕書省作

久聞岷石鴨頭緑，可磨桂溪龍文刀。莫嫌文吏不知武，要試飽霜秋兔毫。

〔一〕原注：「晦叔，名昱。」

11 寺齋睡起二首〔一〕元祐四年酺池寺作

小黠大癡螳捕蟬，有餘不足夔憐蚿。退食歸來北窗夢，一江風月趁魚船〔二〕。

其二

桃李無言一再風，黄鸝惟見緑葱葱。人言九事八爲律，儻有江船吾欲東。

〔一〕叢刊本注：「元《酺池寺睡起》二首，其一東字韻。」按叢刊本第一首在卷五古詩，第二首别在卷九律詩。

〔二〕風月：叢刊本作「春月」。趁魚船：《内集詩注》作「桃李船」。

12 王立之承奉詩報梅花已落盡次韻戲答〔一〕元祐三年祕書省作

南枝北枝春事休，榆錢可穿柳帶柔。定是沈郎作詩瘦〔二〕，不應春能生許愁。

〔一〕原注：「立之，名直方。」

〔二〕定是：叢刊本作「定自」。又「沈郎」，原校：「一作庾郎。」

13 自門下後省歸卧酺池寺觀盧鴻草堂圖

黄塵逆帽馬辟易，歸來下簾卧書空。不知繡鞍萬人立，何如盧郎駕飛鴻。

14 題子瞻寺壁小山枯木二首〔一〕

爛腸五斗對獄吏，白髮千丈濯滄浪。卻來獻納雲臺表，小山桂枝不相忘。

其二

海内文章非畫師，能回筆力作枯枝。豫章從小有梁棟，也似鄭公雙鬢絲。

〔一〕《内集詩注》注：「張方回家本云《題子瞻酺池寺予書齋旁畫木石壁兩首》」。

15 題子瞻枯木

折衝儒墨陣堂堂，書入顔楊鴻雁行。胸中元自有丘壑，故作老木蟠風霜〔一〕。

〔一〕《内集詩注》：「此兩句原作『筆端放浪有江海，臨深枯木飽風霜』。」

16 題伯時畫揩痒虎

猛虎肉醉初醒時，揩磨苛痒風助威。枯枬未覺草先低，木末應有行人知。

17 題伯時畫觀魚僧

横波一網腥城市，日暮江空煙水寒。當時萬事心已死，猶恐魚作故時看。〔一〕

〔一〕原注：「按畚注載舊本公題是畫云：『伯時作清江游魚，有老僧映樹身觀之，筆法甚妙。予爲名曰《玄妙畏影圖》，并題數語云。』」

18 題伯時畫頓塵馬

竹頭搶地風不舉，文書堆案睡自語。忽看高馬頓風塵，亦思歸家洗袍袴〔一〕。

〔一〕原注：「畚注云：此詩公有真蹟，題作《輾馬》，今蜀中猶有石刻。」

19 題伯時畫嚴子陵釣灘

平生久要劉文叔，不肯爲渠作三公。能令漢家重九鼎，桐江波上一絲風。

20 題劉將軍雁 元祐二年祕書省作

滕王蛺蝶雙穿花，東丹胡馬歕胡沙。祁連將軍一筆雁，生不並世俱名家。

21 戲題小雀捕飛蟲畫扇

小蟲心在一啄間，得失與世同輕重。丹青妙處不可傳，輪扁斲輪如此用。

22 題畫孔雀

桄榔暗天蕉葉長，終露文章嬰世網。故山桂子落秋風，無因雄雌青雲上〔一〕。

〔一〕雄雌：《内集詩注》作「雌雄」。青雲：叢刊本作「碧雲」。光緒本原注：「公有石刻題云《題實師畫孔雀》。」

23 睡鴨

山鷄照影空自愛〔一〕，孤鸞對鏡不作雙〔二〕。天下真成長會合，兩鳧相倚睡秋江〔三〕。

〔一〕照影：原校：「一作臨水。」

〔二〕對鏡：《内集詩注》作「舞鏡」。

〔三〕原注：「此詩蓋改竄徐陵句，所謂脱胎换骨之妙者，此之謂也。」按此乃點竄徐陵《鴛鴦賦》。

24 小　鴨

小鴨看從筆下生，幻法生機全得妙。自知力小畏滄波，睡起晴沙依晚照。

25 竹枝詞二首 有序〔一〕 紹聖二年赴黔道中作

古樂府有「巴東三峽巫峽長，猨鳴三聲淚霑裳」，但以抑怨之音，和爲數疊〔二〕。惜其聲今不傳。予自荆州上峽，入黔中，備嘗山川險阻，因作二疊，傳與巴娘〔三〕，令以《竹枝》歌之。前一疊可和云：「鬼門關外莫言遠，五十三驛是皇州。」後一疊可和云：「鬼門關外莫言遠，四海一家皆弟兄。」或各用四句，入《陽關》《小秦王》，亦可歌也。

撑崖拄谷蝮蛇愁〔四〕，入箐攀天猨掉頭。鬼門關外莫言遠，五十三驛是皇州。

其二

浮雲一百八盤縈，落日四十八渡明〔五〕。鬼門關外莫言遠，四海一家皆弟兄。

〔一〕有序：《内集詩注》作「并跋」。按以下序文，叢刊本、《内集詩注》均作跋尾，在詩之後。
〔二〕數：原作「四」，據叢刊本、《内集詩注》改。
〔三〕傳與：《内集詩注》無「傳」字。
〔四〕挂：叢刊本、《内集詩注》本作「拄」。
〔五〕四十八：叢刊本作「四十九」。任淵云：「詩本或作四十九渡，非是。」引山谷《書萍鄉縣壁》爲證。

26 夢李白誦竹枝詞三疊 并序

予既作《竹枝詞》，夜宿歌羅驛，夢李白相見於山間，曰：「予往謫夜郎，於此聞杜鵑，作《竹枝詞》三疊，世傳之不？」予細憶集中無有，請三誦，乃得之。

一聲望帝花片飛，萬里明妃雪打圍。馬上胡兒那解聽，琵琶應道不如歸。

其二

竹竿坡面蛇倒退，摩圍山腰胡孫愁。杜鵑無血可續淚，何日金雞赦九州。

其三

命輕人鮓甕頭船，日瘦鬼門關外天。北人墮淚南人笑，青壁無梯聞杜鵑。

27 又萬州下巖〔一〕 建中靖國元年赴戎州作

空巖静發鐘聲響〔二〕，古木倒掛藤蘿昏。莫道蒼崖鎖靈骨，時應持鉢到諸村。

〔一〕原注：「用楊子安韻，有序，載五律。」按原詩二首，此爲第一首；其第二首爲五律，見本書《正集》卷六。

〔二〕聲：《内集詩注》作「磬」。

28 次韻任道食荔支有感三首 元符三年戎州作

一錢不直程衛尉，萬事稱好司馬公。白髮永無懷橘日，六年怊悵荔支紅〔一〕。

其二

今年荔子熟南風〔二〕，莫愁留滯太史公。五月照江鴨頭緑〔三〕，六月連山柘枝紅。

其三

舞女荔支熟雖晚，臨江照影自惱公。天與蹙羅裝寶髻，更挼猩血染殷紅。〔四〕

〔一〕怊：原校：「一作惆。」

〔二〕荔子：四庫本作「荔支」。
〔三〕五：叢刊本作「三」。
〔四〕原注：「按蜀本《詩集》注云：山谷有《戎州鎖江磨崖留題》云：『元符三年五月戊寅，太守劉廣之率賓僚來賞鎖江荔支。』蓋自紹聖二年乙亥入蜀，至元符三年庚辰，凡六見荔支，故有『六年惆悵荔支紅』之句。」

29 謝楊履道送銀茄四首

藜藿盤中生精神，珍蔬長蒂色勝銀。朝來鹽醯飽滋味，已覺瓜瓠漫輪囷。

其二

君家水茄白銀色，殊勝埧裏紫彭亨〔一〕。蜀人生疏不下箸〔二〕，吾與北人俱眼明。

其三

白金作顆非椎成〔三〕，中有萬粟嚼輕冰〔四〕。戎州夏畦少蔬供，感君來飯在家僧。

其四

畦丁收盡垂露實，葉底猶藏十二三。待得銀包已成縠〔五〕，更當乞種過江南。

〔一〕垻：四庫本作「園」。
〔二〕疏：叢刊本作「蔬」。
〔三〕椎成：原校：「一本作推成。」
〔四〕萬粟：原校：「本作椎粟。」輕：四庫本作「白」。
〔五〕穀：原校：「一作㲉。」

30 贈知命弟離戎州

道人終歲學陶朱，西子同舟泛五湖。船窗卧讀書萬卷，還有新詩來起予。

31 姪相隨知命舟行〔一〕

莫去沙邊學釣魚，莫將百丈作轆轤。清江濯足窗下坐，燕子日長宜讀書。

〔一〕《内集詩注》：「相字惟深，小字燕子，知命第二子。」

32 從斌老乞苦筍〔一〕元符二年戎州作

南園苦筍味勝肉，籜龍稱冤莫採録。煩君更致蒼玉束〔二〕，明日風雨皆成竹。

〔二〕《内集詩注》：「黄斌老，文湖州之妻姪，見于《山谷題跋》。」

〔三〕更致：原校：「一作便致。」

33 題石恪畫嘗醋翁 元符三年戎州作

石媪忍酸喙三尺，石皤嘗味面百摺。誰知聳膊寒至骨，圖畫不減吴生筆。

34 題子瞻畫竹石〔一〕 建中靖國元年發戎至荆州

風枝雨葉瘠土竹，龍蹲虎踞蒼蘚石。東坡老人翰林公，醉時吐出胸中墨。〔二〕

〔一〕《内集詩注》：「趙子湜家本云《題全天粹東坡竹》。」

〔二〕原注：「按蜀本《詩集》注云《題全天粹所收子瞻竹石》。天粹，名壁。公在荆州時，有《與天粹帖》，又有《字説》云全壁長林人。長林，屬荆門軍。」

35 題晁以道雪雁圖 元祐二年祕書省作

飛雪灑蘆如銀箭，前雁驚飛後回盼。憑誰説與謝玄暉，休道澄江静如練〔一〕。

〔一〕休道：《内集詩注》作「莫道」，又「江」作「湖」。

36 病起荆江亭即事十首〔一〕建中靖國元年發戎至荆作

翰墨場中老伏波，菩提坊裏病維摩。近人積水無鷗鷺，時有歸牛浮鼻過。

其二

維摩老子五十七，大聖天子初元年〔二〕。傳聞有意用幽側，病着不能朝日邊。

其三

禁中夜半定天下，仁風義氣徹修門。十年整頓乾坤了，復辟歸來道更尊。

其四

成王小心似文武，周召何妨略不同。不須要出我門下〔三〕，實用人材即至公。

其五

司馬丞相昔登庸〔四〕，招用元老超群公。楊綰當朝天下喜，斷碑零落卧秋風。

其六

死者已死黄霧中，三事不數兩蘇公。豈謂高才難駕御〔五〕，空歸萬里白頭翁。

其七

文章韓杜無遺恨，草詔陸贄傾諸公。玉堂端要真學士〔六〕，須得儋州秃鬢翁。

其八

閉門覓句陳無已，對客揮毫秦少游。正字不知温飽未〔七〕，西風吹淚古藤州〔八〕。

其九

張子耽酒語蹇吃，聞道潁州又陳州。形模彌勒一布袋〔九〕，文字江河萬古流。

其十

魯中狂士邢尚書，本意扶日上天衢。惇夫若在鐫此老，不令平地生崎嶇〔一〇〕。

〔一〕叢刊本無「亭」字。

〔二〕大聖天子：叢刊本作「天子大聖」，校云：「一作大聖天子。」

〔三〕出：《内集詩注》作「由」。

〔四〕昔登庸：原校：「一作驟登庸。」

〔五〕謂：原校：「一作爲。」叢刊本作「爲」。

〔六〕真：叢刊本作「直」。

〔七〕未：叢刊本作「味」。

〔八〕吹：原校：「一作揮。」

〔九〕形模：叢刊本作「形容」。

〔一〇〕生崎嶇：原校：「一作成崎嶇。」叢刊本校：「一云作崎嶇。」

37　謝答聞善二兄九絶句

身入醉鄉無畔岸〔一〕，心與歡伯爲友朋。更闌罵坐客星散〔二〕，午過未蘇髮鬅鬙。

其二

未嘗頃刻可去酒，無有一日不吟詩。詩狂克念作酒聖，意態忽如年少時〔三〕。

其三

群豬過飲尚可醉，疥手轑甕庸何傷。柳家兄弟太迫窄，狂藥不容人發狂。

其四

莫作叫號驚四鄰〔四〕，甕中有地可藏真。淵明醉握遠公手，大笑絶倒人不嗔。

其五

阮籍醉睡不論昏，劉伶雞肋避尊拳。至今凜凜有生氣，飲酒真成不愧天。

其六

公擇醉面桃花紅，人百忤之無慍容。莘老夜闌傾數斗，焚香默坐日生東。〔五〕

其七

椎牀破面棖觸人，作無義語怒四鄰。尊中歡伯笑爾輩，我本和氣如三春。

其八

陶令舍中有名酒，無夕不爲父老傾〔六〕。四坐歡欣觀酒德，一鐙明暗又詩成。

其九

阮籍劉伶智如海，人間有道作糟丘。酒中無諍真三昧，便覺嵇康輸一籌。〔七〕

〔一〕身：叢刊本作「自」。

〔二〕駡：原校：「舊本作駑。」四庫本即作「駑」。叢刊本作「夜」。

〔三〕年少：《内集詩注》作「少年」。

〔四〕叫：原誤作「器」，據叢刊本、《内集詩注》改。

〔五〕原注：「李公擇尚書，孫莘老中丞。」

〔六〕無夕：《内集詩注》作「無日」。

〔七〕原注：「按黄𥽃注云：𥽃於乾道之末隨侍先人官荆州，得見族伯祖晦甫侍御位族伯父仲賁，名楙。仲賁嘗言：先生既與侍御位諸子爲昆弟，視聞善爲兄。聞善酗酒，山谷詩篇中多形勸戒。聞善每飲酒至醉，往往坐不肯起。一夕赴姻家柳氏，夜集既散，聞善復坐不歸。柳氏亦告酒盡，但有一甕酒，未堪篘。聞善聞之，喜甚，亟造其梱内，直抵甕下。聞善病酒疥，尋常旁坐者亦病之，聞善即以兩手轑甕中。柳氏子弟中真有意欲毆之者，坐客勸曰：酒已壞矣，曷若使之盡歡可乎？柳氏且怒且笑，不免取而酌之。聞善大喜，狂歌盡醉而去。故先生詩中有『疥手轑甕庸何傷』及『柳家兄弟太迫窄』之句，蓋紀一時之實耳。又先生有《書贈聞善飲酒》詩，後云：『往時族中多𥽃於酒，二十年間兩還故里，見子弟皆恂恂愛讓，醉而温恭，中竊自喜。黄氏諸子之遺慶深長，諸少年尚承其風澤，時有興發者耶？因子立乞書，書九詩，可與族中觀，知酒之利病如此。』」

38　戲呈聞善

堆豗病鶴怯雞群，見酒特地生精神。坐中索起時被肘，亦任傍人嫌我真。

39　戲呈聞善二兄

匏懸籬落鴉窺井，草上階除雪衮風〔一〕。想得尊前欹醉帽，渾家兒女笑山公。

〔一〕階：原作「街」，據叢刊本、《内集詩注》改。

40 次韻向和卿行松滋縣與鄒天錫夜話南極亭二首〔一〕

雪泥滑滑到山郭，提壺勸沽亦不惡。林中解道不如歸，家人應念思歸樂。

其二

衝風衝雨走七縣，唯有白鷗盟未寒。坐中更得江南客，開盡南窗借月看。

〔一〕話：叢刊本、《内集詩注》作「語」。

41 戲簡朱公武劉邦直田子平五首〔一〕

不趨吏部曹中版，且鱠高沙湖裏魚。雖無季子六國印，要讀田郎萬卷書。

其二

歡伯可解藜藿嘲，孔方定非金石交。君看劉郎最多智，昨者火事幾焚巢。

其三

劉郎好詩又能文，方我奔竄義甚敦。爲親未葬走人門，閉門卻掃不足論。

其四

朱家塤篪好兄弟，陋巷六經葵莧秋。我卜荆州三畝宅，讀田家書從之游。

其五

朱公趨朝瘦至骨，歸來豪健踞胡牀。日看省曹閹者面，何如田家侍兒妝。

〔一〕原注：「朱、劉、田皆荆南人。」

42 鄒松滋寄苦竹泉橙麴蓮子湯三首〔一〕

松滋縣西竹林寺，苦竹林中甘井泉。巴人謾説蝦蟆焙，試裹春芽來就煎。

其二

天將金闕真黄色，借與洞庭霜後橙。松滋解作逡巡麴，壓倒江南好事僧。

其三

新收千百秋蓮菂，剥盡紅衣擣玉霜。不假參同成氣味，跳珠椀裏緑荷香。〔二〕

〔一〕《内集詩注》：「鄒永年，字天錫，其名姓見于山谷《江陵承天院浮圖記》。」

〔三〕原注：「松滋縣隸荆南，時公已到荆州。」

43 題竹尊者軒 崇寧元年荆南作

平生脊骨硬如鐵，聽風聽雨隨宜説。百尺竿頭放步行，更向脚跟參一節。

44 瓊芝軒

卓僊在時養瓊芝，深根固蒂活人命。憧憧來問此何草，但告渠是唐婆鏡〔一〕。

〔一〕《内集詩注》卷一七《次蘇子瞻和李太白尋陽紫極宫感秋詩韻追懷太白子瞻》詩注引山谷原跋：「子瞻詩所記胡道士玉芝，一名瓊田草者，俗號其葉爲唐婆鏡。葉底開花，故號羞天花。以予考之，其實本草之鬼臼也。歲生一臼，如黄精而堅瘦，滿十二歲可爲藥。就土中生根，取一臼，勿令大本知也。煮麪如餫飩皮，裹一臼吞之，數日不饑。啗三臼，可辟穀也。黄龍山老僧多採而斷食之，令人體臞而神王。今方家所用鬼臼，乃鬼鐙檠耳。如蜀人用鬼箭，但用一草根，不知何物也。鎮陽、趙州間道傍叢生三羽者，真鬼箭。俗醫用藥如此，而責古方不治病，可勝嘆哉！因論玉芝，故并記之，以遺胡道士。道士胡君洞微，卓君玘之弟子。卓君之時，欲崇飾宫觀，而俗緣薄，規模甚遠，而不成就。及胡君而宫殿崇成，便齋曲房，松竹薈蔚，觀其軒窗開塞，宜冬而愜夏，智慮通物者也。又好文多藝，能治賓客具，至者忘歸。此東坡先生所以每至而留連者歟。」按山谷此跋適爲《瓊芝軒》詩之注脚，今録於此。

45　龜殼軒

紫極宫中三百楹，道人獨藏一神屋。開軒納息星月明，時有白雲來伴宿。

46　秋聲軒

誰居空閑扇槖籥，情與無情並時作。是聲皆自根極來，更莫辛勤問南郭。〔一〕

〔一〕原注：「以上三篇皆紫極宫作。」

47　謝何十三送蟹〔一〕

形模雖入婦女笑，風味可解壯士顔。寒蒲束縛十六輩，已覺酒興生江山。〔二〕

〔一〕原注：「十三名頵。」

〔二〕原注：「按畓注載蜀本《詩集》注云：何十三當是何頡之斯舉，或其兄弟。頡之蓋黄州人。集中又有三詩，見於《修水集》者，《豫章集》皆不載，今併附録。」

48 又借答送蟹韻并戲小何

草泥本自行郭索，玉人爲開桃李顔。恐似曹瞞説雞肋，不比東阿擧肉山。

49 代二螯解嘲

仙儒昔日卷龜殼，蛤蜊自可洗愁顔。不比二螯風味好，那堪把酒對西山。

50 又借前韻見意

招潮瘦惡無永味，海鏡纖毫只强顔。想見霜臍當大嚼，夢回雪壓摩圍山。

宋黄文節公全集·正集卷第十

詩

七言絶句

1 四休居士詩〔一〕并序 崇寧二年道赴宜州作

太醫孫君昉，字景初，爲士大夫發藥，多不受謝，自號四休居士。山谷問其説，四休笑曰：「麤茶淡飯飽即休，補破遮寒暖即休，三平二滿過即休，不貪不妒老即休〔二〕。」山谷曰：「此安樂法也。夫少欲者，不伐之家也，知足者，極樂之國也。」四休家有三畝園，花木鬱鬱，客來煮茗傳酒，談上都貴遊、人間可喜事，或茗寒酒冷，賓主皆忘〔三〕。其居與予相望，暇則步草徑相尋，故作小詩遺家僮歌之，以侑酒茗。其詩曰：

富貴何時潤髑髏，守錢奴與抱官囚。太醫診得人間病，安樂延年萬事休。

其二

無求不著看人面，有酒可以留人嬉。欲知四休安樂法，聽取山谷老人詩。

其三

一病能惱安樂性，四病長作一生愁。借問四休何所好，不令一點上眉頭。

〔一〕「詩」下《内集詩注》有「三首」二字。
〔二〕妬：原作「暖」，據叢刊本、《内集詩注》改。
〔三〕原校：「一本有倦字。」叢刊本「皆忘」下有「倦」字。

2 到桂州 崇寧三年道赴宜州作

桂嶺環城如雁蕩，平地蒼玉忽嶒峨。李成不在郭熙死〔一〕，奈此百嶂千峰何。

〔一〕不在：叢刊本作「不生」。

3 秋思寄子由 元豐四年太和作〔一〕

黄落山川知晚秋，小蟲催女獻功裘。老松閲世卧雲壑，挽著滄江無萬牛。〔二〕

〔二〕元豐：原作「元祐」，據《内集詩注》原目改。

〔三〕《内集詩注》：「是時蘇黄門謫監筠州鹽酒税，筠、吉皆在江西。山谷嘗有與黄門書云：『得邑極南，幸執事在旁郡。』又云：『有高安行李，必問動静。』高安，即筠州。黄門名轍，字子由。」

4 子瞻去歲春夏侍立邇英子由秋冬間相繼入侍作詩各述所懷予亦次韻四首〔一〕元祐二年祕書省作

赤壁歸來入紫清，堂堂心在鬢彫零。江沙踏破青鞵底，卻結絲絇侍禁庭。

其二

胸蟠萬卷夜光寒，筆倒三江硯滴乾。大似不蒙稽古力，只今猶著侍臣冠。

其三

對掌絲綸罷記言，職親黄屋傍堯軒。雁行飛上猶回首，不受青雲富貴吞。

其四

樂天名位聊相似，卻是初無富貴心。只欠小蠻樊素在，我知造物愛公深。

〔一〕春夏：《内集詩注》無「夏」字。

5 再次韻四首〔一〕

隆儒殿閣對横經，咫尺清都雨露零。見説文星環北極，人間無路仰天庭。

其二

風欞倒影日光寒，堯日當中露正乾。殿上給扶鳴漢履，螭頭簪筆見秦冠。

其三

萬國歸心天不言〔二〕，諸儒争席異臨軒。聖功典學形歌頌〔三〕，更覺曹劉不足吞〔四〕。

其四

延和西路古槐陰，不隔朝宗夙夜心。公有胸中五色綫，平生補衮用功深。〔五〕

〔一〕再：四庫本校：「一作初。」

〔二〕歸心：四庫本作「傾心」。

〔三〕形：四庫本作「昭」。

〔四〕更覺：四庫本作「便覺」。

〔五〕原注：「按畚注載：公有真蹟題云《子由作四絶句書起居郎時入侍邇英講所見輒以所聞次韻》。又畚按：第二篇首句『風櫺倒影日光寒』，公真蹟石刻作『風櫺倒竹影光寒』，正合《春明退朝録》所云『隆儒殿在邇英閣後叢竹中』故事。」

6 次韻游景叔聞洮河捷報寄諸將四首〔一〕

千仞溪中石轉雷，漢家萬騎擣虚回。定知獻馬胡雛入，看即稱觴都護來。

其二

中原日月九夷知，不用禽胡釁鼓旗〔二〕。更向天階舞干羽〔三〕，降書賸破一年遲。〔四〕

其三

漢得洮州箭有神，斬關禽敵不逡巡。將軍快上屯田計，要納降胡十萬人。

其四

遥知一炬絶河津，生縛青宜不動塵。付與山河印如斗〔五〕，忍爲鼠子腹心人。〔六〕

〔一〕原注：「《實録》：元祐二年八月，禽西番首領鬼章青宜結檻送闕下。景叔，名師雄。」

〔二〕禽胡：叢刊本作「降胡」。

〔三〕天階：叢刊本作「天街」。
〔四〕原注：「聞洮西捷報。」
〔五〕山河：叢刊本作「山川」。
〔六〕原注：「聞洮東捷報。」

7　謝鄭閎中惠高麗畫扇二首〔一〕

會稽内史三韓扇，分送黄門畫省中。海外人煙來眼界，全勝《博物》注魚蟲。

其二

蘋汀遊女能騎馬，傳道蛾眉畫不如。寶扇真成集陳隼，史臣今得殺青書。

〔一〕聚珍本注：「閎中名穆。」

8　戲贈米元章二首　建中靖國元年發戎至荆作

萬里風帆水著天，麝煤鼠尾過年年。滄江静夜虹貫月，定是米家書畫船。

其二

我有玄暉古印章，印刓不忍與諸郎。虎兒筆力能扛鼎，教字玄暉繼阿章。〔一〕

〔一〕原注：「按蜀本《詩集》注云：米芾字元章，爲發運司屬官，在江淮間。建中靖國之秋，東坡北還，常有手帖與之。此詩亦當時所作，觀詩中『滄江書畫船』句便見。」

9 次韻徐文將至國門見寄二首 元祐二年祕書省作

槐催舉子著花黄，來食邯鄲道上粱。便欲掃牀懸麈尾，正愁喘月似鐙光。

其二

千頭剖蚌明珠熟〔一〕，百尺垂絲鱠縷長。柳下石門君有此，可能衝雪厭清涼〔二〕？

〔一〕剖：叢刊本作「割」。

〔二〕衝雪：叢刊本作「衝熱」，疑是。又光緒本原注：「是時徐文應秋試將至也。」按據《内集詩注》，其人姓徐字文將，非「徐文」。

10 趙子充示竹夫人詩蓋涼寢竹器憇臂休膝似非夫人之職予爲名曰青奴并以小詩取之二首〔一〕元祐四年祕書省作

青奴元不解梳妝〔二〕，合在禪齋夢蝶牀。公自有人同枕簟，肌膚冰雪助清涼。

其二

穠李四絃風拂席，昭華三弄月侵牀。我無紅袖堪娱夜，政要青奴一味涼。〔三〕

〔一〕青：原注：「一作竹。」

〔二〕青奴：叢刊本校：「一作竹奴。」

〔三〕《内集詩注》録山谷自注：「冬夏青青，竹之所長，故命曰青奴。穠李、昭華，貴人家兩女妓也。」又光緒本原注：「畨注，公有此詩真蹟，後一首題云《從趙瑞承議乞竹奴俗所謂竹夫人者》。」

11 往歲過廣陵值早春嘗作詩云春風十里珠簾卷髣髴三生杜牧之紅藥梢頭初繭栗揚州風物鬢成絲今春有自淮南來者道揚州事戲以前韻寄王定國二首　元祐二年祕書省作

淮南二十四橋月，馬上時時夢見之。想得揚州醉年少，正圍紅袖寫烏絲。

其二

日邊置論誠深矣〔一〕，聖處時中乃得之。莫作秋蟲促機杼，貧家能有幾絇絲。〔二〕

〔一〕原校：「日邊一作目邊。」

〔三〕原注：「眢注載公此詩真蹟云：『後數年，京師塵土中客有自揚州來，交轡久之，道王定國事，因用前之字韻作二小詩寄定國。』詩後又書云：『王晉卿數送詩來索和，老懶不喜作；此曹狡獪，又頻送花來促詩，戲答：花氣薰人欲破禪，心情其實過中年。春來詩思何所似，八節灘頭上水船。』今集中不載，因附此。」

12 謝公擇舅分賜茶三首 元祐元年祕書省作

外家新賜蒼龍璧，北焙風煙天上來。明日蓬山破寒月，先甘和夢聽春雷。

其二

文書滿案惟生睡，夢裏鳴鳩喚雨來。乞與降魔大圓鏡，真成破柱作驚雷。

其三

細題葉字包青箬，割取丘郎春信來〔一〕。拚洗一春湯餅睡，亦知清夜有蚊雷。

〔一〕原注：「丘子進，外家婿。」

13 呈外舅孫莘老二首 元祐三年祕書省作

九陌黃塵烏帽底，五湖春水白鷗前。扁舟不爲鱸魚去，收取聲名四十年。

其二

磽社湖中有明月，淮南草木借光輝。故應剖蚌登王府〔一〕，不若行沙弄夕霏。〔二〕

〔一〕王府：叢刊本作「王室」。

〔二〕原注：「按當注載蜀本《詩集》注云：詩意喜莘老得歸。又《實録》：元祐三年九月，御史中丞孫覺提舉醴泉觀。本傳：公以疾堅請外，提舉舒州靈仙觀。此詩蓋公九月以後作。」

14 以天壇靈壽杖送莘老

王屋千霜老紫藤，扶公休沐對親朋。異時駟馬安車去，拄到天壇𩔖力能。

15 從張仲謀乞蠟梅 元祐元年祕書省作

聞君寺後野梅發，香蜜染成宫様黄。不擬折來遮老眼，欲知春色到池塘。

16 乞姚花二首 元祐四年祕書省作

正是風光嬾困時，姚黄開晚落應遲。欲雕好句乞春色，日曆如山不到詩。

其二

青春日月鳥飛過，汗簡文書山疊重。乞取好花天上看，宮衣黄帶御鑪風〔一〕。

〔一〕風：原校：「一作烘。」《内集詩注》作「烘」。

17 寄杜家父二首

紅紫争春觸處開，九衢終日犢車雷。閑情欲被春將去，鳥喚花驚只麽回。

其二

風塵點污青春面〔一〕，自汲寒泉洗醉紅。徑欲題詩嫌浪許，杜郎覓句有新功。

〔一〕污：原作「汗」，據叢刊本、《内集詩注》改。

18 王才元舍人許牡丹求詩

聞道潛溪千葉紫，主人不剪要題詩。欲搜佳句恐春老，試遣七言賒一枝。

19 謝王舍人剪送狀元紅

清香拂袖剪來紅，似繞名園曉露叢。欲作短章憑阿素，緩歌誇與落花風。

20 次韻王稚川客舍二首〔一〕元豐三年祕書省作

五湖歸夢常苦短〔二〕，一寸客愁無奈多。慈母每占烏鵲喜〔三〕，閨人應賦庡㞙歌〔四〕。

其二

身如病鶴翅翎短，心似亂絲頭緒多。此曲朱門歌不得，湖南湖北竹枝歌。

〔一〕《内集詩注》：彭山黄氏有山谷手書此詩，云：「王竑稚川，元豐初調官京師，寓家鼎州，親年九十餘矣。嘗閲貴人家歌舞，醉歸，書其旅邸壁間云：『雁外無書爲客久，蛩邊有夢到家多。畫堂玉佩縈雲響，不及桃源欸乃歌。』余訪稚川於邸中而和之。」又叢刊本注「舊詩」。

〔二〕五湖：原校：「一作五更。」《内集詩注》作「五更」。

〔三〕每占：原校：「一作不嗔。」

〔四〕閨人：《内集詩注》作「家人」，注云：「黄氏本作『慈母不瞋烏鵲語，閨人應賦庡㞙歌』，元注曰：『百里奚仕秦，其妻歌曰：百里奚，五羊皮。憶别時，烹伏雌，炊庡㞙。今日富貴忘我爲！』」

21 同元明過洪福寺戲題 元祐四年祕書省作

洪福僧園拂紺紗，舊題塵壁似昏鴉。春殘已是風和雨，更着遊人撼落花〔一〕。

〔一〕原注：「按嵤注載舊本并蜀本有序云：『三月中，同吕元明、畢公叔至洪福寺，見元明壁間舊題云：與晉之醉後，使騎（升）〔擊〕木撼花以爲笑，戲題云。』」

22 戲答晁適道乞消梅二首〔一〕

青莎徑裏香未乾，黄鳥陰中實已團。蒸豆作烏鹽作白，屬聞丹杏薦牙盤。

其二

北客未嘗眉自顰，南人誇説齒生津。磨錢和蜜誰能許〔二〕，去蔕供鹽亦可人。

〔一〕晁適道：《内集詩注》作「晁深道」，注云：「晁深之，字深道。後改名詠之，字知道。」

〔二〕誰能許：原校：「一本作許能誰。」

23 題浄因壁二首

暝倚蒲團挂鉢囊〔一〕，半窗疏箔度微涼。蕉心不展待時雨，葵葉爲誰傾太陽。

其二

門外黄塵不見山，此中草木亦常閑。履聲如度薄冰過，催粥華鯨吼夜闌。

〔一〕蒲團：叢刊本作「團蒲」。挂鉢囊：原校「一作畫夢長」。

24 以梅餽晁深道戲贈二首

帶葉連枝摘未殘，依依茶塢竹籬間〔一〕。相如病渴應須此，莫與文君蹙遠山。

其二

渴夢吞江起解顔，詩成有味齒牙間。前身鄴下劉公幹，今日江南庾子山。

〔一〕依依：叢刊本作「依俙」。

25 憶邢惇夫 元祐三年祕書省作

詩到隨州更老成，江山爲助筆縱横。眼看白璧埋黄壤，何況人間父子情。〔一〕

〔一〕原注：「按畱注載蜀本《詩集》注云：公跋惇夫集有『國馬不及奉輿，斃於皂櫪』之語，蓋元祐三年十一月庚戌也，此詩亦是時憶作。」

26 戲答張祕監餽羊〔一〕 元祐元年祕書省作

細肋柔毛飽卧沙，煩公遺騎送寒家。忍令無罪充庖宰，留與兒童駕小車。

〔二〕原注：「《實録》：元祐二年二月己丑，祕書監張問爲給事中。」

27 戲詠猩猩毛筆〔一〕

桄榔葉暗賓郎紅，朋友相呼墮酒中。政以多知巧言語，失身來作管城公。

〔一〕此首及下首《内集詩注》合題作《戲詠猩猩毛筆二首》，注云：「山谷有此詩跋云：『錢穆父奉使高麗，得猩猩毛筆，甚珍之。惠予，要作詩。蘇子瞻愛其柔健可人意，每過予書案，下筆不能休。此時二公俱直紫微閣，故予作二詩，前篇奉穆父，後篇奉子瞻。』」

28 客有和予前篇爲猩猩解嘲者復戲作詠

明窗脱帽見蒙茸，醉著青鞵在眼中。束縛歸來儻無辱，逢時猶作黑頭公。〔一〕

〔一〕按當注載蜀本《詩集》注云：「公有此詩跋云：『錢穆父奉使高麗，得猩猩毛筆，甚珍之。惠予，要作詩。蘇子瞻愛其柔健可人意，每過予書案，下筆不能休。此時二公俱直紫微閣，故予每作二詩，前篇奉穆父，後篇奉子瞻。』」又任氏舊注：「是時二公皆作中書舍人。東坡是歲九月方遷翰林學士。」

29 六月十七日晝寢

紅塵席帽烏韡裏，想見滄洲白鳥雙。馬齧枯萁喧午枕，夢成風雨浪翻江。

30 北窗

生物趨功日夜流，園林才夏麥先秋。緑陰黄鳥北窗簟，付與來禽安石榴。

31 題伯時天育驃騎圖二首 元祐二年祕書省作

玉花照夜今無種，櫪上追風亦不傳。想見真龍如此筆，蒺藜沙晚草迷川。

其二

明窗槃礴萬古表，寫出人間真乘黄。邂逅今身猶姓李，可非前世江都王。

32 養鬬雞 崇寧二年鄂州作

峥嶸已介季氏甲，更以黄金飾兩戈。雖有英心甘鬬死，其如紀渻木雞何。

33 題惠崇畫扇

惠崇筆下開生面〔一〕，萬里晴波向落暉。梅影横斜人不見，鴛鴦相對浴紅衣。

〔一〕生：叢刊本、《内集詩注》作「江」。

34 題郭熙山水扇

郭熙雖老眼猶明，便面江山取意成。一段風烟且千里，解如明月逐人行。

35 題劉將軍雁〔一〕

將軍一矢萬人看，雪灑晴空碎羽翰。乞與失群沙宿雁，筆間千頃暮江寒。

〔一〕前卷另有同題詩一首，《内集詩注》合題爲《題劉將軍雁二首》，叢刊本以古、律分編。

36 萬州太守高仲本宿約遊岑公洞而夜雨連明戲作二首 建中靖國元年發戎至荆作

肩輿欲到岑公洞，正怯衝泥傍險行。定是岑公閟清境，春江一夜雨連明。

其二

蓬窗高枕雨如繩〔一〕，恰似糟牀壓酒聲。今日岑公不能飲，吾儕聞健且頻傾。

〔一〕高枕：《内集詩注》作「高卧」。

37 又戲題下巖〔一〕

往往攜家來託宿，裙襦參錯佛衣巾。未嫌滿院油頭臭，蹋破苔錢最惱人。

〔一〕原注：「巖在萬州，爲劉道者棲隱處，詳見五律。」

38 題蘇若蘭迴文錦詩圖　紹聖三年黔州作

千詩織就迴文錦，如此陽臺莫雨何。亦有英靈蘇蕙手，只無悔過竇連波。

39 次韻楊君全送春花〔一〕　元符三年戎州作

化工能斡大鈞回，不得東君花不開。誰道纖纖緑窗手，磨刀剪綵唤春來。〔二〕

〔一〕叢刊本、《内集詩注》無「楊」字。原注：「君全，名琳，青神人。」

〔三〕原注：「事詳《次韻楊君全送酒長句》七律中。」

40 謝楊景山送惠酒器〔一〕

楊君喜我梨花盞，卻念初無注酒魁。 糴矮金壺肯持送，挼莎殘菊更傳杯〔二〕。

〔一〕《内集詩注》無「惠」字，叢刊本作《謝楊景仁承事送惠酒器》。 原注：「景山，名嵒，青神人。」

〔二〕莎：《内集詩注》作「莎」。 原注：「事詳《次韻楊君全送酒長句》七律中。」

41 戲答史應之三首 元符二年戎州作

先生早擅屠龍學，袖有新硎不試刀。 歲晚亦無雞可割，庖蛙煎鱔薦松醪。

其二

老萊有婦懷高義，不厭夫家苜蓿盤。 收得千金不龜藥，短裙漂絖暮江寒。

其三

甑有輕塵釜有魚，漢庭日日召嚴徐。 不嫌藜藿來同飯，更展芭蕉看學書。〔一〕

〔一〕《内集詩注》：「應之名鑄，眉人，客瀘、戎間。 山谷有《應之真贊》曰：『江安(石)〔食〕不足，江陽酒有餘。』江安屬瀘州，漢江陽縣地也。」

42 謝應之〔一〕元符三年戎州作

昨夜風雷震海隅，天心急擬活焦枯。去年席上蛟龍語，未委先生記得無。

〔一〕《内集詩注》：「即史應之也。應之往歲見山谷於戎，嘗有詩戲之。此篇當是應之自眉來青神，再見山谷，敘述往事，故有『去年席上蛟龍語，未委先生記得無』之句。」

43 史彦昇送春花〔一〕

千林摇落照秋空，忽散穠花在眼中。蝶繞蜂隨俱入座，君家女手化春風。

〔一〕史彦昇：叢刊本作「應之」。《内集詩注》：「彦昇名會，青神人，紹封之子。」

44 答李任道謝分豆粥 元符二年戎州作

豆粥能驅晚瘴寒，與公同味更同餐。安知天上養賢鼎，且作山中煮菜看。

45 走筆謝王朴居士拄杖 元符三年戎州作

投我木瓜霜雪枝，六年流落放歸時。千巖萬壑須重到，腳底危時幸見持。〔一〕

〔一〕原注：「按畬注：王朴，字子厚，隱居嘉州至樂山。時公自青神回舟，經途至此，故詩中有『六年流落放歸時』之句。」

46 戲答王居士送文石

南極一星天九秋，自埋光景落江流。是公至樂山中物，乞與衰翁似暗投。

47 次韻答馬中玉三首 建中靖國元年發戎至荆作

雨入紗窗風簸船，菊花過後早梅前〔一〕。錦江春色熏人醉，也到壺中小隱天〔二〕。

其二

卷沙成浪北風顛，銜尾千艘不敢前。匝岸水居皆有酒，行人得意買江天。

其三

仁氣已蒸全楚盡，同雲欲合莫江前。争春梅柳無三月，對雪樽罍屬二天。

〔一〕菊花：叢刊本作「黄花」。

〔二〕壺中：叢刊本作「壺公」。

48 次韻中玉早梅二首

梅蘂争先公不嗔，知公家有似梅人。何時各得自由去，相逐揚州作好春〔一〕。

其二

折得寒香不露機，小窗斜日兩三枝。羅幃翠幕深調護〔二〕，已被遊蜂聖得知〔三〕。

〔一〕逐：原校：「一作趁。」

〔二〕調：原校：「一作遮。」

〔三〕聖：原校：「一作聽。」四庫本作「望」。

49 次韻中玉水仙花二首

借水開花自一奇，水沈爲骨玉爲肌。暗香已壓酴醾倒，只比寒梅無好枝。

其二

淤泥解作白蓮藕，糞壤能開黄玉花。可惜國香天不管，隨緣流落小民家。〔一〕

〔一〕《内集詩注》載山谷自注：「時聞民間事如此。」

50 吴君送水仙花并二大本

折送南園栗玉花，并移香本到寒家。何時持上玉宸殿，乞與宫梅定等差。

51 劉邦直送早梅水仙花四首

簸船縴纜北風嗔，霜落千林憔悴人。欲問江南近消息，喜君貽我一枝春。

其二

探請東皇第一機，水邊風日笑横枝。鴛鴦浮弄嬋娟影，白鷺窺魚凝不知。

其三

得水能仙天與奇，寒香寂寞動冰肌。仙風道骨今誰有，淡掃蛾眉簪一枝。

其四

錢塘昔聞水仙廟，荆州今見水仙花。暗香靚色撩詩句〔一〕，宜在林逋處士家。〔二〕

〔一〕靚：《内集詩注》作「静」。

〔二〕自注：「錢塘有水仙王廟，林和靖祠堂近之。東坡先生以爲和靖清節映世，遂移神像配食水仙王云。」

52 戲答王觀復酴醾菊二首

誰將陶令黄金菊，幻作酴醾白玉花。小草真成有風味，東園添我老生涯。

其二

吕園未肯輕沽我，且寄田家砌下栽。它日秋花媚重九，清香知自故人來。

53 戲答荆州王充道烹茶四首〔一〕崇寧元年荆南作

三徑雖鋤客自稀，醉鄉安穩更何之。老翁勸把春風椀〔二〕，靈府清寒要作詩。

其二

茗椀難加酒椀醇，暫時扶起藉糟人。何須忍垢不濯足，苦學梁州陰子春。

其三

香從靈壁壟上發，味自白石源中生。爲公喚覺荆州夢，可待南柯一夢成。

其四

龍焙東風魚眼湯，箇中即是白雲鄉。更煎雙井蒼鷹爪，始耐落花春日長。

〔二〕《内集詩注》：「舊本云：居士酒徒，不喜茗飲，故多戲句。」

〔三〕勸把：右本作「更把」。

54 入窮巷謁李材叟翘叟戲贈兼簡田子平三首 建中靖國元年癸戌至荆作

紫冠黄鈿網絲窠〔一〕，蝶繞蜂圍奈晚何。二叟家居如避世，開門自少俗人過。

其二

只可闋中安止止〔二〕，誰能鐵裏鬭錚錚。田多穀少無人會，匹似無田過一生〔三〕。

其三

田郎杞菊荒三徑，文字時追二叟游。萬卷藏書多未見，老夫端擬乞荆州。

〔一〕紫冠黄鈿：原校：「一作雞冠黄菊。」《内集詩注》載山谷自注：「紫冠，雞冠；黄鈿，黄菊。」

〔二〕闋：四庫本作「室」。

〔三〕匹：原校：「一作譬。」《内集詩注》作「譬」。

55 呈楊康國

君家秋實羅浮種，已作纍纍半拂牆。莫遣兒童酸打盡，要看霜後十分黄。

56　又戲呈康國

整冠行客莫先嘗，楊子家無數仞牆。假借肅霜令弄色，句添寒日與争黄〔一〕。

〔一〕句：原作「勾」，據叢刊本、《内集詩注》改。《内集詩注》云：「按二詩皆言黄柑未熟。」

57　謝益修四弟送石屏

石似滄江落日明，鸕鷀鳥鵲滿沙汀。小兒骨相能文字，乞與斑斑作硯屏。

58　雨中登岳陽樓望君山二首〔一〕崇寧元年荆南作

投荒萬死鬢毛斑，生入瞿塘灩澦關〔二〕。未到江南先一笑，岳陽樓上對君山。

其二

滿川風雨獨憑欄，綰結湘娥十二鬟〔三〕。可惜不當湖水面，銀山堆裹看青山〔四〕。

〔一〕雨中：叢刊本作「雨去」。

〔二〕生入：《内集詩注》作「生出」。按當以「出」爲是。

〔三〕結：叢刊本校：「一作髻。」

〔四〕原注：「按耆注：崇寧元年正月二十三，夜發荆州。二十六日，至巴陵，數日陰雨，不可出。二月朔旦，獨上岳陽樓，太守楊器之、監郡黄彦并來，率同遊君山。行二十里螺蚌中乃至，見住持僧年八十，（跋）〔跛〕曳而出。登其絶頂，環望積水數百里，實壯觀也。有野馬二十餘群，游平澤中，猨猴輩出，上下松柟間，景氣甚野。」

宋黄文節公全集·正集卷第十一

詩

七言絶句

1 戲效禪月作遠公詠 并序　崇寧元年德化作

遠法師居廬山下，持律精苦，過中不受蜜湯，而作詩换酒飲。陶彭澤送客，無貴賤不過虎溪，而與陸道士行，過虎溪數百步，大笑而别。故禪月作詩云：「愛陶長官醉兀兀，送陸道士行遲遲。買酒過溪皆破戒，斯何人斯師如斯。」故效之。

邀陶淵明把酒椀，送陸修静過虎溪。胸次九流清似鏡，人間萬事醉如泥。〔一〕

〔一〕《内集詩注》：「遠公道場即今江州廬山東林寺。是歲八月庚申，山谷有東林題名，此詩當是同時所作，庚申蓋初八日。」

2 題徐氏書院〔一〕 崇寧元年歸分寧作

學書但學溪老鵝〔二〕，讀書可觀樵父歌〔三〕。紫髯將軍不復見，空餘巖桂緑婆娑。

〔一〕《内集詩注》載山谷自注：「德占羨魚亭故居也。」又云：「徐禧，字德占，洪州分寧人，娶山谷從妹。」

〔二〕原校：「老一作姥。」

〔三〕原校：「歌一作柯。」

3 贈石敏若〔一〕 紹聖元年歸分寧作

才似謫仙唯欠酒，情如宋玉更逢秋。相看領會一談勝，注目長江天際流。

〔一〕原注：「敏若，名悉，興宗之子。」

4 題君子泉 崇寧元年荆南作，泉在黄州。

雲夢澤南君子泉，水無名字託人賢。兩蘇翰墨相爲重，未刻它山世已傳。

5 鄂州南樓書事四首 崇寧二年鄂州作

四顧山光接水光，凭欄十里芰荷香。清風明月無人管，併作南樓一味涼〔一〕。

其二

畫閣傳觴容十客，透風透月兩明軒。南樓槃礴三百尺，天上雲居不足言。

其三

勢壓湖南可長雄，胸吞雲夢略從容。北船未嘗覩巨麗，複閣重樓天際逢。

其四

武昌參佐幕中畫，我亦來追六月涼。老子平生殊不淺，諸君少住對胡牀。

〔一〕南樓：原校：「一作南來。」

6 南樓畫閣觀方公悅二小詩戲次韻

十年華屋網蛛塵，大旆重來一日新。五鳳樓中修造手〔一〕，箇中餘刃亦精神。

其二

重山複水繞深秋〔二〕，不見高賢獨倚樓。手拂壁間留恨句，淩波微步有人愁。

〔一〕樓中：《内集詩注》作「樓前」。

〔二〕深秋：《内集詩注》作「深幽」。

7 寄賀方回

少游醉卧古藤下，誰與愁眉唱一杯。解作江南斷腸句，只今唯有賀方回。

8 謝檀敦信送柑子 建中靖國元年發戎至荆作

色深林表風霜下，香著尊前指爪間。書後合題三百顆，頻隨驛使未應慳。

9 戲答王子予送淩風菊二首〔一〕

病來孤負鸕鷀杓，禪板蒲團入眼中。浪説閑居愛重九，黄花應笑白頭翁。

其二

王郎頗病金瓢酒，不耐寒花晚更芳。瘦盡腰圍怯風景，故來歸我一枝香。

〔二〕原注：「子予時僑寓荆州。」

10 謝王子予送橄欖

方懷味諫軒中果，忽見金盤橄欖來。想共餘甘有瓜葛，苦中真味晚方回。〔一〕

〔一〕《内集詩注》載山谷自注云：「戎州蔡次律家軒外有餘甘，余名之曰味諫。」

11 以椰子小冠送子予

漿成乳酒醺人醉，肉截鵝肪上客盤。有核如匏可雕琢，道裝宜作玉人冠。

12 次韻文潛立春日三絶句 崇寧元年荆南作

眇然今日望歐梅，已發黄州首更回。試問淮南風月主，新年桃李爲誰開。

其二

誰憐舊日青錢選，不立春風玉筍班。傳得黄州新句法，老夫端欲把降幡〔一〕。

其三

江山也似隨春動，花柳真成觸眼新。清濁盡須歸甕蟻，吉凶更莫問波臣。〔二〕

〔一〕把：叢刊本校：「一作豎。」
〔二〕原注：「按畨注載蜀本《詩集》注云：長曆崇寧元年十二月二十一日立春，明年春時公已歸鄂，故詩中有『已發黄州首更回』之句。」

13 再次前韻

春工調物似鹽梅，一一根中生意回。風日安排催歲换，丹青次第與花開。

其二

久狎漁樵作往還，曉風宫殿夢催班。鄰娃似與春争道，酥滴花枝綵剪幡。

其三

酒有全功筆有神，可將心付白頭新。春盤一任人争席，莫道前銜是近臣。

14 求范子默染鵶青紙二首〔一〕崇寧二年道赴宜州作

學似貧家老破除〔二〕，古今迷忘失三餘。極知鵠白非新得，漫染鵶青襲舊書。

其二

深如女髮蘭膏罷，明似山光夜月餘。爲染藤溪三百箇〔三〕，待渠湔拂一牀書。

〔一〕原注：「子默，德孺之子。」
〔二〕老：叢刊本校：「一作免。」
〔三〕藤溪：《内集詩注》作「溪藤」。

15 謝榮緒惠貺鮮鯽

偶思暖老庖玄鯽，公遣霜鱗貫柳來。虀臼方看金作屑，鱠盤已見雪成堆。

16 謝榮緒割麞見貽二首〔一〕

何處驚麏觸禍機，煩公遣騎割鮮肥〔二〕。秋來多病新開肉，糲飯寒葅得解圍。

其二

二十餘年枯淡過，病來筋下劇甘肥。果然口腹爲災怪，夢去呼鷹雪打圍。

〔一〕《内集詩注》：「舊本云《榮緒見酬割鮮詩有要見無拘礙之句戲答》。」
〔二〕公：《内集詩注》作「君」。

17 吴執中有兩鵝爲余烹之戲作〔一〕

學書池上一雙鵝，宛頸相追筆意多。皆爲涪翁赴湯鼎，主人言汝不能歌。

〔一〕戲作：叢刊本、《内集詩注》作「戲贈」。

18 病來十日不舉酒二首 崇寧二年鄂州作

病來十日不舉酒，獨卧南窗春草生〔一〕。承君折送袁家紫，令我發與郎官清〔二〕。

其二

病來十日不舉酒，回施青春與後生。滿袖東風愜人意，見君詩與字俱清。

〔一〕窗：《内集詩注》作「牀」。

〔二〕發與：《内集詩注》作「興發」。

19 題小景扇〔一〕

草色青青柳色黄，桃花零落杏花香。春風不解吹愁卻，春日偏能惹恨長。

〔一〕按此詩實爲唐賈至詩，文字僅有數字之異，陸游、楊萬里等均已指出。《老學庵筆記》卷四：「魯直詩有題扇『草色青青柳色黄』一首，唐人賈至、趙嘏詩中皆有之，山谷蓋偶書扇上耳。」

20 醇道得蛤蜊復索舜泉舜泉已酌盡官醖不堪不敢送〔一〕 元豐元年北京作

青州從事難再得，牆底數樽猶未眠。商略督郵風味惡，不堪持到蛤蜊前。

〔一〕官醖：叢刊本作「官酒」。《内集詩注》云：「舜泉當是河北酒名，《外集》有《和王世弼求舜泉》詩，首句云『寒虀薄飯留佳客，蠹簡殘編作近鄰』。張淵方回家本置此詩於北京教授時，與詩意正合。方回大父名塤，山谷妹婿也。」

21 秋冬之間鄂渚絶市無蟹今日偶得數枚吐沫相濡乃可憫笑戲成小詩三首 崇寧二年道赴宜州作

怒目横行與虎争，寒沙奔火禍胎成。雖爲天上三辰次，未免人間五鼎烹。

其二

勃窣媻跚烝涉波，草泥出没尚横戈〔一〕。也知觳觫元無罪，奈此尊前風味何。

其三

解縛華堂一座傾，忍堪支解見薑橙。東歸卻爲鱸魚膾，未敢知言許季鷹〔二〕。

〔一〕草：原校：「一作黄。」

〔二〕未敢：四庫本作「莫把」。

22 寧子興追和予岳陽樓詩復次韻二首〔一〕

去年新霽獨憑闌，山似樊姬擁髻鬟。箇裏宛然多事在，世間遥望但雲山。

其二

軒皇樂罷拱清班〔二〕，天地爲家不閉關。惟有金鑪紫煙起，至今留作御前山。

〔一〕寧子興：《内集詩注》作「寧子與」，下同。

〔二〕清：《内集詩注》作「朝」。

23 和寧子興白鹿寺〔一〕

谷朗巖開見佛鐙〔二〕，雲遮霧掩碧層層。青山得意看流水，白鹿歸來失舊僧。

〔一〕《内集詩注》：「寺在潭州。」

〔二〕谷朗巖：原作「谷郎巖」，據叢刊本、《内集詩注》改。

24 謝人惠猫兒頭筍〔一〕

長沙一月煨鞭筍，鸚鵡洲前人未知。走送煩公助湯餅，貓頭突兀想穿籬。

〔二〕貓兒：《内集詩注》無「兒」字。

25 蠟　梅〔一〕

〔一〕元祐元年祕書省作

天工戲剪百花房，奪盡人工更有香。埋玉地中成故物，折枝鏡裏憶新妝。

〔一〕《内集詩注》：「蜀中舊本題下注云『和王都尉』，當以爲正，詩有『埋玉』之句，謂王詵晉卿，尚蜀國公主，時主已下世。」

26 短韻奉乞臘梅

卧雲莊上殘花笑，香似早梅開不遲。淺色春衫弄風日，遣來當爲作新詩。

27 過土山寨〔一〕

崇寧二年自鄂赴宜州作

南風日日縱篙撑，時喜北風將我行。湯餅一杯銀綫亂，蔞蒿數筯玉簪横。

〔一〕《内集詩注》：「張舜民《南行録》：湖中有土山巡檢司，去黄陵廟十五里。」

28 題花光畫山水

崇寧三年自潭赴宜州作

花光寺下對雲沙，欲把輕舟小釣車。更看道人煙雨筆，亂峰深處是吾家。

29 所住堂

此山花光佛所住〔一〕，今日花光還放光。天女來修散花供，道人自有本來香。

〔一〕此山：叢刊本校：「一作昔日。」

30 題高節亭邊山礬花二首〔一〕并引

江湖南野中，有一種小白花，木高數尺，春開極香，野人號爲鄭花〔二〕。王荆公嘗欲作詩〔三〕，而陋其名，予請名曰山礬。野人採鄭花葉以染黄，不借礬而成色，故名山礬。海岸孤絶處補陀落伽山，譯者以謂小白花山，予疑即此花爾〔四〕。不然，何以觀音老人端坐不去邪〔五〕？

高節亭邊竹已空，山礬獨自倚春風。二三名士開顔笑，把斷花光水不通。

其二

北嶺山礬取次開〔六〕，清風正用此時來〔七〕。平生習氣難料理，愛著幽香未擬回。〔八〕

〔一〕題：《内集詩注》作「戲詠」，并注云「亭在花光寺」。

〔二〕號爲：叢刊本作「謂之」。

〔三〕「嘗」下《内集詩注》有「欲求此花栽」五字。

〔四〕花：《内集詩注》作「山礬花」。

〔五〕端：《内集詩注》作「堅」。又於序末注云：「此詩及序，皆以山谷手蹟校過。」叢刊本序末注：「世作瑒花，山谷寫爲鄭。」

〔六〕取次：原校：「一作取意。」《内集詩注》作「取意」。

〔七〕清風：原校：「一作輕風。」《内集詩注》作「輕風」。

〔八〕《内集詩注》一、二首互易。

31 戲詠零陵李宗古居士家馴鷓鴣二首〔一〕

山雌之弟竹雞兄，乍入雕籠便不驚。此鳥爲公行不得，報晴報雨總同聲。

其二

真人夢出大槐宫，萬里蒼梧一洗空。終日憂兄行不得，鷓鴣當是鼻亭公〔二〕。

〔一〕《内集詩注》載山谷自注云：「李唯一妻一女，垂老病足，養鷓鴣、鸚鵡以樂餘年。」

〔二〕當是：《内集詩注》作「應是」。

32 李宗古出示謝李道人苕帚杖從蔣彦回乞葬地二頌作二詩奉呈

提攜禪客扶衰杖，斷當姻家葬骨山。因病廢棋仍廢酒，鷓鴣鸚鵡伴清閑。

其二

詩書傳女似中郎，杞菊同盤有孟光。今日鷓鴣鳴蹇蹇，它年鸚鵡恨堂堂。

33 寄黄龍清老三首

萬山不隔中秋月，一雁能傳寄遠書，深密伽陀枯戰筆，真成相見問何如。

其二

風前橄欖星宿落，日下桄榔羽扇開。照默堂中有相憶〔一〕，清秋忽遣化人來。

其三

騎驢覓驢但可笑，非馬喻馬亦成癡。一天月色爲誰好，二老風流只自知。

〔一〕照：《内集詩注》作「昭」。

34 叔父給事挽詞十首〔一〕元祐八年祕書省作

元祐宗臣考十科，公居八九未爲多。功名身後無瑕點，孝友生知不琢磨。

其二

平生治獄有陰功，忠孝臨民父母同。贛上樵夫談卓令，宣城老吏識于公。

其三

三晉山河數十州，頻年水旱不能秋。我公出把司農節，粟麥還於地上流。

其四

更生苦訟石中書，宰掾非人欲引裾。兩帥弄兵幾敗國〔二〕，同時御史更誰如。

其五

曾發公家鉅萬錢，溝中襁褓卻生全。三齊水後皆禾稼，不殺耕牛更可傳。

其六

軍容百萬轉風雷，獨料王師不戰摧。三篋封書公對獄，元豐天子照姦回。

其七

隴上千山漢節回，掃除民蜮不爲災。蜀茶總入諸蕃市，胡馬常從萬里來。

其八

廊廟從來不在邊，黄扉青瑣慶登賢。除書未試回天筆，何意佳城到馬前。

其九

榮禄常思澤九宗，山摧梁壞併成空。百年遺恨誰昭洗，它日諸郎有父風。

其十

晉地無戎卧賊曹，民兵賜笏解弓刀。六年講武儒冠在，不蹋金門著戰袍。〔三〕

〔一〕《内集詩注》注：「給事名廉，字夷仲。」

〔二〕帥弄：《内集詩注》「猾論」。

〔三〕原注：「按嚳注載樞密直學士劉奉世撰給事墓誌銘，以元祐八年九月丁酉葬於雙井之原。又公有與宇文伯修書云『九月之末方畢叔父喪事』，又云『欲乞一宫觀』。時已免喪矣。」

宋黃文節公全集・正集卷第十二

賦

1 寄老菴賦〔一〕

生乎今兹兮，見曩之人。萬物一家兮，券宇宙而無鄰。橐橡可以爲澤兮，鬒鬚蒼然。獨奈何俯仰以是兮，吾獨立而不陳新。彼族庖之技癢兮，伐大觚以嘗巧風。悲郢人之宰木兮，顧無所用吾斤。澔澔汗汗兮，黄川日夜流。吾誰疏親兮，行天下以虚舟。無地以受人之徽纆，故超世而不避世。槃礴於蝸牛之宫，經行於羊豕之隧。㪷毘社以爲樽兮，舉海門以爲㦸。觴豆於無味之味，從衲子以卒歲。儻然以寓其不得已，是謂無累之累。何用窮山幽谷爲，獨安往而非寄？寄吾老於簪紱，岌高位之疾顛。春秋以旅力去矣，奉腆禄而彫年。寄吾老於孫息，厭群雛之嗸嗸。眷火宅之無安，寧執枯而俱焦。寄吾老於友朋，未沫平生之言。人壽不能金石，忽相望於鬼伯之阡。伊漢上之龐禪，空諸有以爲宅。沈貨泉以棄責，聊生涯於緯竹。維衡岳之懶叟〔二〕，獨金玉其言音。踞燒木以燠寒，拉鼻涕而無寸陰〔三〕。相彼宛童，寓于柏松。自干青雲，束縛舍翁。主人不承澤，螻蟻爲宫。薪者斧焉，賓主禍同。無意以爲智維此意，而夭夭申申從人以嬉。寡婦之茨，高明之榱。相與社而稷之，訖無累於去來。養生者諱盈，術竅者天門不開。此其是邪，非乎？窮於外者反於家，困乎智者歸愚。伊未嘗一用其智，對萬世而德不孤。若人者其在斯乎？託軒冕而鶉居。無德色之可沮，殆其肆志於江湖。翁乎强爲我著書，無促駕青牛之車。

〔一〕叢刊本、嘉靖本題下注云：「爲孫莘老作。」光緒本原注：「公此賦跋云：『劉貢父作菴記。菴在歷陽温湯之僧舍。』元祐三年，公爲祕書省，孫莘老來索此文。」

〔二〕岳：叢刊本、嘉靖本作「丘」。

〔三〕扠：原作「投」，據叢刊本、嘉靖本改正。

2 休亭賦 并序　元豐三年公赴太和，由清江，道作。

吾友蕭公餉濟父，往有聲場屋間，數不利於有司。歸教子弟，以宦學而老於清江之上，開田以爲歲，鑿池灌園以爲籩豆。兒時藝木，今憩其陰，獨立無鄰，自行其意。築亭高原，以望玉笥諸山，用其所以齋心服形者，名之曰「休亭」。乞余言銘之，將游居寢飯其下。豫章黄庭堅爲作《休亭賦》。

槃礴一軌，萬物並馳。西風木葉，無有靜時。懷蠹在心，必披其枝。事時與黃間同機〔一〕，世智與太行同巇。飲羽於市門之下，血刃於風波之上。至於行盡而不休，夫如是奚其不喪？故曰：衆人休乎得所欲，士休乎成名，君子休乎命，聖人休乎物，莫之嬰。吾友濟父，居今而好古。不與不取，亦莫予敢侮。將强學以見聖人，而休乎萬物之祖。曩游於世也，獻璞玉而取刖，圖封侯而得黥。驕色未鉏而物駭，機心先見而鷗驚。撫四方者倦矣，乃歸休於此亭。濯纓於峽水之上游，晞髮於舞雩之喬木。彼玉笥之隱君子，惠我以生芻一束。是謂不蓍而筮從，無龜而吉卜。〔二〕

〔一〕黃間：原作「黃澗」，據叢刊本改正。黃間，弩名，參《漢書·李廣傳》注。

〔二〕原注：「畚注載洪駒父跋：公此賦，蓋山谷少作也。晚年刊定其卒章曰：『是謂不蓍而筮從，無龜而吉卜。』而初本其末兩句云：『蓋嘗聞伯夷之風，何能問詹生之卜。』」

3 江西道院賦 并序

元祐六年，丁母安康郡太君憂，歸分寧。

江西之俗，士大夫多秀而文，其細民險而健，以終訟爲能。由是玉石俱焚，名曰珥筆之民。雖有辯者，不能自解免也。惟筠爲州，獨不嚚於訟，故筠州太守號爲「守江西道院」，然與南康、廬陵、宜春三郡並蒙惡聲。元祐八年，武陵柳侯子宜守筠之明年，樂其俗之孅，使爲政者不勤，乃新燕居之堂，榜曰「江西道院」，以鼓舞其國風，且爲高安之父老雪恥焉。秋九月，遣使來告成於雙井永思堂，於是爲之賦。

句吴之區，維斗所直；半入於楚，終蝕於越。有泰伯、虞仲、季子之風，故處士有巖穴之雍容；有屈原、宋玉、枚乘之筆，故文章有江山之秀發。吴越之君多好勇，故其民樂鬭而輕死；江漢之俗多禨鬼，故其民尊巫而淫祀。雖郡異而縣不同，其大略不外是矣。若乃高安之城，豫章之别，雖風氣之未遠〔一〕，亦孅俗之可悦。故柳侯下車，解牛而不割；未嘗發硎，初不折缺。則喟然嘆曰：「江西道院，名不虚生。」爰作新堂，合陳鼓笙。有斐翰墨，賓贊令丞。作爲詩歌，接民頌聲。昔也憂民之憂，今則樂民之樂。懷僊伯之蜕蟬，有勿翦之喬木。製劍池之菡萏以爲裳，釀丹井之清泠以爲酌〔二〕。醉而起舞，父老持足，恐使君之僊去，而鰥寡之長失職也。吾聞風行於上而水波，此天下之至文；仁形於心而民服，此天下之善化。豈可多爲令而病民慢，自設險而病民詐邪？九轉丹砂，鑄鐵成金；兩漢循吏，鑄頑成仁。我簡静則民肅，我平易則民親。今使高安之農，養生於桁楊之外。珥筆教訟者傳問孝之章，赘耳鎖吭者深春耕之耒。賣私鬭之刀劍以爲牛，羞淫祠之樽俎以養親。雖承平百年，雨露滲漉，非二千石所以牧人者乎！雖然，有一於此，堂密有美樅，而未聞處士之節；岑蔚有於菟，而不見墨客之文。豈其龜藏而自畀，蠖屈而不伸者邪？公

試酌樽中之渌，謝山川之神，爲予問之。〔三〕

〔一〕遠：叢刊本作「遂」。

〔二〕泠：原作「冷」，據四庫本改。

〔三〕原注引黄庭堅《書江西道院賦後》云：「往在江南所作。來黔戎之間已五年，不復記憶。會夔州李元中自内地來，得高安石本，故復得之。王周彦求作大字，遂書此賦。有民社者觀之，或有補萬分之一耳。」

4 蘇李畫枯木道士賦 元祐三年祕書省作

東坡先生佩玉而心若槁木，立朝而意在東山。其商略終古，蓋流俗不得而言。其於文事，補衮則華蟲黼黻，醫國則雷扁和秦。虎豹之有美，不彫而常自然。至於恢詭譎怪，滑稽於秋兔之穎，尤以酒而能神。故其觴次滴瀝，醉餘顰申。取諸造物之鑪錘，盡用文章之斧斤。寒煙淡墨，權奇輪囷。挾風霜而不栗，聽萬物之皆春。龍眠有隱君子見之，曰：「商宇宙者朝徹於一指，計楮中者心醉於九九〔一〕，言其不同識也。蕺鵬背而不蔕芥，烹鼠肝而腹果然，言其不同量也。彼以睢睢盱盱，我以踽踽涼涼，則懼夫子之獨立，而矢來無鄉。」乃作女蘿，施于木末，婆娑成陰，與世宴息。於其槃根，作黄冠師，納息於踵，若新沐而晞。促阮咸以赴節，按萬籟之同歸。昔阮仲容深識清濁，酒沈於陸，無一物可欲。右琴瑟而左琵琶，陶冶此族，不溷不濁，是謂竹林之曲。彼道人者，養蒼竹之節以玩四時，鳴槁梧之風以召衆竅。其鼻間栩栩然，蓋必有不可傳之妙。若予也，寄櫟社以神其拙，顧白鷗之樂人深。一行作吏，此事便廢。甘稻粱以飴老〔二〕，就箸紱而成禽。莊生曰「去國期年，見似之者而喜矣」，況予塵土之渴心。〔三〕

〔一〕九九：原作「九丸」，據叢刊本改。

〔二〕原注：「甘」一作懷。」

〔三〕原注引黄庭堅《書枯木道士賦後》，見本書《正集》卷二六。

5 東坡居士墨戲賦

東坡居士遊戲於管城子、楮先生之間，作枯槎壽木、叢篠斷山。筆力跌宕於風煙無人之境，蓋道人之所易，而畫工之所難。如印印泥，霜枝風葉先成於胸次者歟！翚中奮迅，六反震動，草書三昧之苗裔者歟！金石之友質已死，而心在斵泥郢人之鼻，運斤成風之手者歟！夫惟天才逸群，心法無軌，筆與心機，釋冰爲水。立之南榮，視其胸中，無有畦畛，八窗玲瓏者也。吾聞斯人，深入理窟，櫝研囊筆，枯禪縛律，恐此物輩，不可復得。公其緹衣十襲，拂除蛛塵，明窗棐几，如見其人。

6 白山茶賦 有引

姨母文城君作《白山茶賦》，興寄高遠，蓋以自況，類楚人之《橘頌》。感之，作《後白山茶賦》。

孔子曰：「歲寒然後知松柏之後彫也。」麗紫妖紅，争春而取寵，然後知白山茶之韻勝也。此木産於臨川之崔嵬，是爲麻源第三谷。仙聖所廬，金堂瓊樹。故是花也，稟金天之正氣，非木果之匹亞。乃得骨於崑閬，非乞靈於施夏。造物之手，執丹青而無所用；析薪之斤，雖睥睨而幸見赦。高潔皓白，清修閑暇。裴回冰雪之晨，偃蹇霜月之夜。彼細腰之子孫，與莊生之物化。方培户以思温，故無得而陵跨。蓋將與日月争光，何苦與洛陽争價。惟是當時而見尊，顯處於瑶臺玉墀之上；是以閉藏而無悶，淡然於乾楓枯柳之下。江北則上徐、庾，江南則數鮑、謝。蓋不能刻畫嫦娥，藻飾姑射。諒無地以寄言，故莫傳於膾炙。況乎見素抱樸難乎郢人，故徐熙、趙昌舐筆和鉛而不敢畫。或謂山丹之皓質，足以争長而更霸。知我如此，不幾乎罵。雖瓊華明后土之祠，白蓮秀遠公之社。皆聲名籍甚，俗態不捨，挾脂粉之氣而藴蘭麝。與君周旋，其避三舍。

7 別友賦送李次翁 元豐五年太和作

曩聞義於孫李，指尊選以見招。惜予行之舒舒，曰其夜以爲朝。予望道於垝垣，見萬物之富有。恨逸駕之絶塵，又驂予以四牡。喟車後之無策，其四方乎索友。仰雲飛而注弋，俯淵靚之沈鉤。或一能之勝予，忘日月之不予謀。或登吞舟之鱗，或下垂天之翼。手予弓而不釋，恐斯道之或息。爲廬江之四季，三隱約於龍眠。維若人之仕蚤，懷明月而麗川。歲庚午而會梁，語聞道之大用。吸江漢以爲深，累丘嶽以自重。尾擊之而首應，西犯之而東抗。棄旗鼓而不逐，儼其陳之堂堂。偉道學之崇崛，增懦夫之激昂。觀出日於東方，雖食焉而不吝。無肯綮以自試，居自喜於餘刃。彼覆卻於萬方，期斯言之猶信。水渾渾而進舟，風剡剡而侵裘。恐事親之不勸，則惟是之同憂。

8 對青竹賦 有序 元符二年戎州作

余楚産也，閱東南之竹多矣，未嘗聞對青竹者也。嘉州僧從之包封見貽，藝之而成，乃初識之。惟範圍之内，有知之物一無窮，無知之物一無窮，一耳一目，不能徧覽也，況六合之外者乎！感而賦之。

竹之美於東南，以節不以文也。其在楚之西，鬱鬱葱葱，連山繚雲也。會稽之奇，材任矢石。蘄春之澤，夏簟簫笛。沅湘淚血，邛崍高節。慈竹相守，孝竹冬苗。慈姥嶰谷，笙竽笆篁；長石之山，一節可航，猶未極其瑰怪不常也。故吴楚無竹工，非無竹工，婦能織緝之器，兒能鷄鶩之籠也。今夫筥筐籯笲，榱櫺翰藩，巴船百丈，下漢爲笪。貴之則律吕汗簡，賤之則箕帚蒸薪。唯所逢遭，盡於斧斤。美哉斯竹，黄質墨章。如出杼軸，織文自當。解甲税枯，金碧其相。歲寒在躬，又免斮烹。彼其文章之種性，不可致詰。刳心而求之不可得，劚根而求之不可得。匪人匪天，有物有則。惟其與蓬蒿共盡而無憾，余亦不知白駒之過隙。

9 煎茶賦

洶洶乎如澗松之發清吹，皓皓乎如春空之行白雲。賓主欲眠而同味，水茗相投而不渾。苦口利病，解膠滌昏。未嘗一日不放著，而策茗椀之勳者也。余嘗爲嗣直瀹茗，因録其滌煩破睡之功，爲之甲乙：建溪如割，雙井如虀，日鑄如虀。其餘苦則辛螫，甘則底滯，嘔酸寒胃，令人失睡，亦未足與議。或曰：「無甚高論，敢問其次。」涪翁曰：「味江之羅山，嚴道之蒙頂。黔陽之都濡高株，瀘川之納溪梅嶺。夷陵之壓甎，臨邛之火井。不得已而去於三，則六者亦可以酌兔褐之甌，瀹魚眼之鼎者也。」或者又曰：「寒中瘠氣，莫甚於茶。或濟之鹽，勾賊破家。滑竅走水，又況雞蘇之與胡麻。」涪翁於是酌岐雷之醪醴，參伊聖之湯液，斮附子如博投，以熬葛仙之堊。去蘇而用鹽，去橘而用薑〔一〕。不奪茗味，而佐以草石之良，所以固太倉而堅作强。於是有胡桃、松實，菴摩、鴨腳，勃賀、蘼蕪，水蘇、甘菊〔二〕，既加臭味，亦厚賓客。前四後四，各用其一，少則美，多則惡。發揮其精神〔三〕，又益於咀嚼。蓋大匠無可棄之材，太平非一士之略。厥初貪味雋永，速化湯餅；乃至終夜，不眠耿耿。既作温齊，殊可屢歃；如以六經，濟三尺法。雖有除治，與人安樂。賓至則煎，去則就榻。不游軒后之華胥，則化莊周之蝴蝶〔四〕。

〔一〕橘：《寶真齋法書贊》卷一五作「桂」。
〔二〕「於是」以下《寶真齋法書贊》作：「于是倮松實胡桃、炰鴨跗菴摩以濟味，折菊英水蘇、濯勃賀藤蕪以爲芳。」
〔三〕發：原脱，據叢刊本補。
〔四〕自「既作温齊」以下，《寶真齋法書贊》作：「日饗四五，得枕而卧，夢爲蝴蝶而飛去。」

10　苦筍賦

余酷嗜苦筍，諫者至十人，戲作《苦筍賦》，其詞曰〔一〕：

僰道苦筍，冠冕兩川。甘脆愜當，小苦而反成味；温潤縝密，多啖而不疾人。蓋苦而有味，如忠諫之可活國；多而不害，如舉士而皆得賢。是其鍾江山之秀氣，故能深雨露而避風煙。食肴以之開道，酒客爲之流涎。彼桂玫之與夢汞〔二〕，又安得與之同年。蜀人曰：「苦筍不可食，食之動痼疾，令人萎而瘠。」予亦未嘗與之下〔三〕。蓋上士不談而喻；中士進則信，退則眩焉〔四〕；下士信耳而不信目，其頑不可鐫。李太白曰：「但得醉中趣，勿爲醒者傳。」〔五〕

〔一〕此序原無，據《三希堂法帖》第十三册補。

〔二〕彼桂玫之與夢汞：原作「彼桂斑之夢永」，據《宋四家墨寶》《三希堂法帖》改。

〔三〕下：原作「言」，據《宋四家墨寶》《三希堂法帖》改。

〔四〕則：原作「若」，據《宋四家墨寶》《三希堂法帖》改。

〔五〕原注引黄罃《年譜》載黄庭堅《苦筍賦》跋，已收入本書《補遺》卷八。

11 木之彬彬 并序 熙寧元年葉縣作

曹公所禮三人，孔融、禰衡，陽狂嫚侮，操且疑且信，故以衡假手於黄祖，融晚乃覆巢。獨楊修材慧，數解隱語，又探其不言者發之，最先得罪，雖其父公雅故，不足以賁死。嗟乎！修黄犢子，有致遠材，一怒其臂，死於隆車之轍〔一〕。曾不知隰子之伐木邪？田常與大夫隰子登臺，四望齊邑，南向而蔽於隰子之喬木。成子不言。隰子歸，使人伐木，斧斤離數創則止之。相室曰：變之亟也。曰：田子將成大事，惡人知其微。今不伐木，未深忌也；知人之所不言，其忌深矣。故曰：知微者兵在其頸，求福者褚藏其穎。雖然，隰子猶有所未立也，與百里奚策虞公而去之，豈可同年語哉！

感二三子行事，作《木之彬彬》。

木之彬彬，非取異於人，可宫室則斬則伐，可籩豆則捋則擷。草之茸茸，非求顯於世，中芻牧則刈則鉏，中醫和則剥則枯，非以其材故邪？是非之歧，利害薰蒸。嗟人道之多患，彼草木尚無情。吾嘗觀於若人矣，巧於辨人，拙於自辨。好動乎天機，不周乎時變。罪莫慘於德有心，禍莫深於心有見。罪不在德，心其蟊賊；禍不在心，見其髡鉗。之人也，皦皦自鮮，行於衆汙之前；嶢嶢不讓，立乎衆埤之上。積小不當，是以亡其大當。悲夫！羿注矢以當物，十當中其七八。引鏌鋣以自殘，駭兕虎之竊發。禍集於所忽，怨棲於榮名。易其言則害智，用其智則害明。爲君子則奈何，獨見曉於冥冥。〔二〕

〔一〕隆車：原作「龍車」，據叢刊本改。

〔二〕原注引黄䳛《年譜》《木之彬彬》初本，并云：「與集中互異，當是晚年訂正。」

〔附〕木之彬彬初本

曹公所喜三人皆黨錮之餘俊，孔融、禰衡陽狂嫚侮，操且疑且信，故置衡荆州，黄祖推刃；融禍晚作，烹雛覆巢。獨楊修早慧，數解隱語，又探其不言者發之，最先得罪，雖有父公雅故，不足以貰死。嗟乎！修黄犢子，有致遠材，一怒其臂，死于隆車之轍。曾不早知隰子之伐木耶？田常與大夫隰斯彌登臺，下撫都邑，西向而蔽於隰氏之樾。成子不言。隰子歸，使人伐木，斧斤離數創則止之。相室曰：「何變之亟也？」曰：「田子將成大事，諱人知其微，不伐木，未深忌也。知人之所不言，其忌深矣。」故曰：知微者與禍鄰，口如耳者幾乎存。雖然，隰子之所見，與百里奚策虞公，可同年語哉！感二三子行事，惟坐進斯道者不戒而無悔，作《木之彬彬》。

木之彬彬，非取異于人，可宫室則斬則伐，可籩豆則捋則擷。草之茸茸，非求顯于世，中芻牧則刈則鉏，中醫和則剥則枯。非以其材故耶？是非之衢，市者責贏。琤民之生多破，彼草木尚無情。吾嘗觀若人矣，工於辨人，拙於自辨。閟户庭者爲虜，司機括者爲情。罪莫慘于德有心，禍莫深于心有見。罪不在德，心在蝨賊；禍不在心，其見髡鉗。之人也，皦皦自鮮，行于衆汙之前；嶢嶢不讓，立乎衆卑之上。積小不當，是以忘其大當。悲夫！水風則波，木風則摩。横畏途而常巧，果而喪其太阿。萬仞將傾而反顧，謂檮里當如我何。羿注矢以司物，十常中其七八。羞烏啄以朝餔，曰上帝不予察。禍集于安能及我，怨棲于物與之名。脱其言則喪智，舞其智則害明。從事於道者，奈何見曉于冥冥。（黄䓵《山谷年譜》卷二，影印文淵閣四庫全書本《山谷集》附録。）

楚辭

12 龍眠操三章贈李元中 元豐四年太和作

吾其行乎！道渺渺兮驂弱，石巖巖兮川横。日月兮在上，風吹雨兮晝暝。吾其止乎！曲者如几〔一〕，直者如矢。我爲直兮棘余趾，我爲曲兮不如其已。吾耕石田兮爲芝，乃三歲兮報我饑。嗣茲穡兮則以稼，從子於耜兮龍眠之下。

螳臂美兮當車，蟹螯强兮鬭虎。我觀兮上下四方，或錫予兮以大武。金石兮水波，松柏兮雨霜。有時女兮懷春〔二〕，我欲筮兮同牀。筮告予以不好，予與居兮甚娬〔三〕。秦人同炙兮徒欺予，予和羹兮衆吐之。南山霧兮楚氛，其在茲兮斗日月。揚湯兮救暍，從子休兮龍眠之樾。

朝百牢兮九飯，藜羹不糝兮共槃而笑。狐白裘兮豹袪緼，袍無裏兮亦見春〔四〕。予何喜兮安樂此，曰有嘉人兮遺予屨。發十襲兮示予，與予武兮合度。四羿兮隅立，使離朱兮詔之。若人兮無鵠，離朱茫然兮羿韔弓。牧牛兮於鼻，牧羊兮不歧。有若人兮可與歸，因子問塗兮龍眠之蹊。

〔一〕几：原作「九」，據叢刊本改。

〔二〕懷春：叢刊本作「不春」。

〔三〕斌：原作「斌」，據叢刊本改。

〔四〕裏：原作「裹」，據叢刊本改。

13 濂溪詩 并序　崇寧元年荆南作

春陵周茂叔，人品甚高，胸中灑落，如光風霽月。好讀書，雅意林壑，初不爲人窘束世故。權輿仕籍，不卑小官，職思其憂。論法常欲與民，決訟得情而不喜。其爲小吏，在江湖郡縣蓋十五年，所至輒可傳。任司理參軍，運使以權利變具獄〔一〕，茂叔争之不能得，投告身欲去，使者斂手聽之。趙公悦道，號稱好賢。人有惡茂叔者，趙公以使者臨之甚威，茂叔處之超然。其後乃寤曰：「周茂叔，天下士也。」薦之於朝，論之於士大夫，終其身。其爲使者，進退官吏，得罪者自以爲不冤。中歲乞身，老於湓城。有水發源於蓮花峰下，潔清紺寒，下合於湓江。茂叔濯纓而樂之，築屋於其上，用其平生所安樂，媲水而成，名曰濂溪。與之游者曰：「溪名未足以對茂叔之美。」雖然，茂叔短於取名而專於求志，薄於徼福而厚於得民，菲於奉身而燕及煢嫠，陋於希世而尚友。千古聞茂叔之餘風，猶足以律貪，則此溪之水，配茂叔以永久，所得多矣。茂叔諱惇實，避厚陵奉朝請名，改惇頤。二子壽、燾，皆好學承家。求余作《濂溪詩》，思詠潛德。茂叔雖仕宦三十年，而平生之志終在丘壑。故余詩詞不及世故，猶髣髴其音塵。

溪毛秀兮水清，可飯羹兮濯纓。不漁民利兮，又何有於名。絃琴兮觴酒，寫溪聲兮延五老以爲壽。蟬蜕塵埃兮玉雪自清，聽潺湲兮鑒澄明。激貪兮敦薄，非青蘋白鷗兮誰與同樂。津有舟兮蕩有蓮，勝日兮與客就閒。人聞拏音兮，不知何處散髮醉；高荷爲蓋兮，倚芙蓉以當伎。霜清水寒兮舟著平沙，八方同宇兮雲月爲家。懷連城兮佩明月，魚鳥親人兮野老同社而争席。白雲蒙頭兮與南山爲伍，非夫人攘臂兮誰余敢侮。

〔一〕權：原作「榷」，據叢刊本改。

14 王聖涂二亭歌 并序　紹聖四年黔州作

忠州太守王聖涂罷忠州，春秋六十有六，將告老于朝而休於晉丘，以書抵黔州，告其同年生黄魯直曰：「晉丘有叟，將自此歸矣。舍傍作二亭以休餘日，子爲我名，且歸以夸父老。」魯直名其一曰「休休」，上言事下言德也。其一曰「冥鴻」，言公自此去矰繳遠矣。聖涂喜曰：「子盍爲我歌。」

晉丘之下，有宅有田。梨棗兮觴豆，秇耔兮爲年。鷄栖塒兮羊豕在牧，課兒子兮藝松菊。炙背兮牆東，夢覆舟兮濤且風。洋之回兮可以駕，孫甥扶輿兮父老同社〔一〕。洋之水兮可以舟，入鷗鳥兮與之遊。一世兮蜉蟻，桑榆兮憖可收。從此休兮，公誰黄髮之休。偉長松兮卧龍蛇，閲千歲兮不改其柯。震雷不驚兮，誰欲休之以蜩蛭。下有錦石兮可用梧勺，雲月供帳兮萬籟奏樂。石子磊磊兮澗谷縱横，春月桃李兮士女傾城。時雨霖兮忽若海潦，收無事兮我以觀萬物之情。兒時所藝兮桃李纖纖，隨世風波兮吹而北南。昔去兮拱把，今歸兮與天參。與古人兮合契，樹如此兮我何以堪。鴻雁嗸兮或在洲渚，有心於粒兮弋者所取。飛冥冥兮渺萬里而絶去，藪澤之羅者兮官予落羽〔二〕。

〔一〕甥：原校：「一作男。」

〔二〕官：原校：「一作觀。」

15 予欲金玉汝贈黃從善 元祐二年祕書省作

江山複重兮朋友失，長處幽篁兮隔離天日。鳥聲無人兮，我友來即。久矣不聞德人之言兮，爲余發藥。嘉若人兮甚好修，蘭薰而時發兮，水剛德而用柔。有璞連城，方謨匠兮，忍其與斗筲議之？盤吾手而不砭兮，舉百體而棄之。爲民父母兮，灼子之膚，何能忍顧？白日臨辰兮，臣何愛不與俱來。古之人償責言兮，雖九死其猶未悔。虹氣貫斗牛兮，豈用俗人之町畦。予愛蘭而莫與予佩兮，曰斯其不情。帝闢九牡兮，照下土孔明。予將觀東海兮，蛙說予以坎井。盍嘗視吾寶兮，茲有重於岑鼎。予欲金玉汝兮，汝既金玉。揭日月以適四方兮，殆而按劍以爲戮。雁以不鳴烹，木以才而斲。天下皆羿兮矢來無鄉，維應以無名之樸。

16 明月篇贈張文潛 元祐元年祕書省作

天地具美兮生此明月，陞白虹兮貫朝日。工師告余曰，斯不可以爲佩，棄捐櫝中兮三歲不會。霜露下兮百草休，抱此耿耿兮與日星游。山中人兮招招，耕而食兮無卹。榛艾蓁蓁前吾牛兮，瘨不可更抶。淺耕兮病歲，深耕兮石嬰耜。登山兮臨川，雉得意兮魚樂。小風兮吹波，從其友兮尾尾。日下兮川逝，射雉兮喪余一矢。佳人兮潔齊，悵何所兮行媒〔一〕。南山有葛兮葛有本，我羞餔兮以君之鉏來。

〔一〕悵：原作「帳」，據叢刊本改。

17 悲秋 治平四年爲知命弟作

有美一人兮，臨清秋而太息。傷天形之缺然兮，與有足者同堂而並席。儻嘗獲罪於天兮，使而至於斯極。夫陰凝而陽化兮，沖氣飪而爲和。駢拇所以爲少，枝指所以爲多。謂天任汝以道兮，曾是形畸而貌獨。天厭棄汝兮，修汝德而謂何。中無所考此耿耿兮，獨遡風而浩歌。歌曰：父邪母邪？人乎天乎？才之爲祥，固不若不才之全乎！非天地之私兮，又非父母之願也。慨伏思而不得兮，夢漂漂而行遠。逆真人於軒臺兮，請端策而徵衍。遇水盈之坎坎兮，得山麓而爲《蹇》。雖御良而馬服兮，猶往蹇而來連。《艮》之初六來告休兮，艮其趾而无咎。如風日之過河兮，人謂守冰而爲秏。知水性之循環兮，曾何損益之足道。蚿百足之狂攘兮，夔踸踔以行地。蛇虺蔓延不自好兮，謂風蓬蓬而無似。物憐物之無窮兮，目尚爲心之僕隸。夫精於形器之表兮，視四體百骸其在外。予將執汝手兮，游夫浩蕩之會。憑天津而濯髮兮，攬日月以爲佩。嗟不知去來之爲我兮，天下莫予之爲對。恐路遠而多歧兮，聊贈汝以指南。將雍容於勝日兮，嘗試爲汝而忘談。